国家出版基金项目
NATIONAL PUBLICATION FOUNDATION

东北流亡文学史料与研究丛书·作品卷

伊瓦鲁河畔

白 朗 著

北方联合出版传媒(集团)股份有限公司
春风文艺出版社
·沈 阳·

主　编　张福贵
作品卷主编　滕贞甫

图书在版编目（CIP）数据

伊瓦鲁河畔 / 白朗著 . — 沈阳：春风文艺出版社，
2019.11（2022.2重印）
（东北流亡文学史料与研究丛书）
ISBN 978 – 7 – 5313 – 5698 – 1

Ⅰ . ①伊… Ⅱ. ①白… Ⅲ . ①中篇小说 — 小说集 — 中
国 — 现代 ②短篇小说 — 小说集 — 中国 — 现代 Ⅳ.
①I246.7

中国版本图书馆CIP数据核字（2019）第227689号

北方联合出版传媒（集团）股份有限公司
春风文艺出版社出版发行
http://www. chunfengwenyi. com
沈阳市和平区十一纬路25号 邮编：110003
永清县晔盛亚胶印有限公司印刷

责任编辑：姚宏越　刘　维　　　责任校对：陈　杰
封面设计：马寄萍　　　　　　　幅面尺寸：155mm × 230mm
字　　数：165千字　　　　　　印　　张：12
版　　次：2019年11月第1版　　印　　次：2022年2月第2次
书　　号：ISBN 978-7-5313-5698-1
定　　价：48.00元

目　录

叛逆的儿子

一

"爷爷，看小弟弟，饿得嗓子都哑啦，你看他的小头垂得有多么可怜。爷爷，你也哭了吗？爷爷。"

在 T 街的墙隅边坐着一个约莫七八岁的小女孩子，她身上穿着一件褪了色的蓝布短衫，一块破包袱皮裹着下体，光着脚，背后垂散着松散的发辫，手在摸弄着被刺伤了的脚，一片红色的东西贴在脚心上，她从地上用小手捏了一捏土面按在伤口上，又从包着下体的包袱皮上撕了一条布裹上了伤口。脸上现出很痛苦的样子，她转过脸来向着坐在旁边的一个年近六旬的老头儿泪汪汪地这样说。

老头儿怀里抱着一个未满两周岁的小孩，小孩是赤条条的一丝未挂。老头儿用他那破成一条条的汗衫和两只皮包骨的胳膊，紧紧地裹着那精光的小身体，好像妈妈正在喂乳似的，孩子似睡不睡的眼皮张开来一半又合拢上，呼吸非常短促，不时地还无力地哭一声，头垂到胸部，显然是饿得不能再饿下去的样子。老头儿脸上的皱纹好像水波浪那样明显，两只发暗的老眼落着凄楚的泪，一滴一滴地落到孩子的身上。他听了小女孩的话，看了看怀里的孩子，长长地叹了一口气，有气无力地说下去："咳，阿小，我们跑了一天，刚刚讨到了一小碗狗都不吃的又酸又臭的饭，这可怜虫吃奶吃惯了，哪里能够吃这样的东西，而且也咬不动啊！咳，那还是一家草房里的穿得很破的一个老太婆赏给我们的呢……我们走到那个三层楼的公馆的时候，你不看见一个穿着灰军服的老总，端着一盆大米饭，斜视了我们一眼，就倒在狗食盆里去了吗？可是那只又肥又大的狗站起来，走到饭盆跟前用鼻子一嗅，懒洋洋地走开去。他又回到屋里拿了一碗什么菜和在饭里，它才吃了。咳！他们的狗都比我们强啊！我如果不怕狗把我咬啦，我一定把饭夺过来，我们爷儿三个饱餐一顿呢！现在天黑下来了，上哪儿去讨，我们今夜又上哪儿睡觉？……还说老天没有绝人之路吗？……"

阿小听了老人的话，低下头一声不响，仍是摆弄刺伤了的脚。

墙隅边像夜一般的沉寂。

"爷爷，我们上那铁大门的人家看看去吧，你看那门口站着的那个老爷们儿，好像很厚道的呢。他看见小弟弟的可怜模样，也许能给找点什么东西吃，看那个房子也很阔，一定是个有钱人家，他也许给我们几个钱。爷爷，走哇，去试试看。"

阿小指着离他们坐着的地方不远的一家，很恳切地哀求着老人。

这是一个深秋的黄昏，磨盘似的火红色太阳，挂在天的西方；一朵朵白云绵羊似的散布在辽远的空中；路旁的大树已经脱去了绿莹莹的羽衣，直挺挺赤条条地竖立着。晚风阵阵地送来，小鸟们缩立在树枝上。虽然它们穿着毛衣，也冻得把头插在翅膀里取暖，街上的行人也都感到寒意，步履很急骤地各自奔向家中。

老人和阿小他们穿着单薄而且露着肉的破衣裳，颓坐在墙隅，冻得牙齿咯嗒嗒嗒上下敲打着。身上的肌肉不自主地颤抖，每个毛孔都小米粒般地突出，他们那被夏天的太阳晒黑的脸皮，已经变成苍灰色了。老人怀里的孩子精光的小身体，他虽是用力地拥抱着，但只有两只冰冷的胳膊，是盖不过他的全身的。他瘦小的躯体，终抵不过寒风的摧击而战栗着。

路上的游人——西服革履、长袍短褂的公子老爷们，高跟、艳服、鬈发、红唇的小姐太太们，走过他们身边，都用着卑视的眼光、嫌恶的神色看他们一眼便匆匆走开，有如惧怕魔鬼似的回避着他们。老人现在是百感交集在寻思着什么，两只眼死盯着路西的一棵和老人同样枯干的老树，时而皱眉，时而叹气。忽然，阿小的声音打断了他的沉思。他转动了眼珠顺着阿小的手望去，看了好久，才抱着孩子站起来，腿在不住颤动，勉强支持地走着。阿小也一瘸一拐地随在老人的身后，走向他们的目的地。

<h1 style="text-align:center">二</h1>

柏年憋着一肚子闷气，暂时离开他一见生怯的妈妈爸爸和华丽的屋子，穿着学生服背着手站在大风口，呆看着过往行人，但他都像漠不关心似的一个个放过去。他的目光并不转移，只是笔直地望着前面。

老人和阿小由他身旁悄悄地走近时，那一阵急促的咳嗽使他掉转头去。这时阿小已经匍匐在地上，在擦着流下来的泪，老人还在上气不接下气地咳嗽，孩子的头被震得乱颤。

"唔，唔，这不是老伯吗？你为什么沦落到这步田地？"柏年注视了老人一会儿，最后不觉惊奇地喊了这么一句。

老人听到突如其来的话，遂止住咳嗽，用袖口擦了擦咳出来的泪水，仔细地看了半响，方恍然大悟，乐得心弦跳动起来，立刻想到柏年是他的一个救星。饥寒的问题可以解决了，阿小莫名其妙地看柏年一眼，又看老人一眼。

"啊呀！原来是吴少爷，不想老天还有眼睛，使我遇到了三年不见的从来可怜我的人。咳！我们从早晨吃了一碗饭，直到现在连一口水都没喝着呢！少爷，你先给我们找一点吃的吧，孩子饿得不中用了，吃点东西再说我们的事吧，咳！"

"老伯，你千万不要少爷少爷地这样称呼，叫我的名字好了。你们在这里等着，我去找些饭来给你们吃。"

柏年很坚决地说了一句，便匆忙地走进院去。老人显出爽适的微笑，抱着孩子坐下去。

"少爷，盛那么多的饭做什么，你吃吗？等下一起吃吧。"受了老爷、太太熏染了的厨子钱兴，看见柏年由外边一直跑到厨房，拿起向来不用的头号大碗，盛满两碗刚做好的大米饭和炖牛肉，又用小碗盛了一碗大米粥泡了一些汤，放里一把小羹匙，要他帮助拿到外边去，他放下了正在切肉丝的刀，不明所以地问。

"不，给叫花子。"

"少爷，你要给叫花子恐怕不够吃呢，就是人够吃了两条狗吃什么？并且，这白花花的大米饭、香喷喷的肉叫花子配吃吗？我们的家具被他的臭嘴玷污了，还怎么使，你……"

柏年不待钱兴往下再说，便抢着很兴奋地说道："不要你管，人要紧还是狗要紧，你为什么可怜胖得路都走不动的狗，而不同情快要饿死了的人？"

"哼，狗吗？它能看家。同情穷人有什么好处，在你看不见的时候，他还要偷你的东西。烧杀、抢夺、绑票……不都是穷人干出来的吗？"

"现在没有工夫和你讲闲话，无论如何，我有我的自由，用不着你来干涉，快点把饭帮我端出去好啦！"

柏年真气极了。钱兴不敢再说什么，迫不得已地皱着粗黑的眉头，噘着嘴，捧着两碗热气腾腾的饭，随着柏年走出厨房。柏年拿着筷子，端着粥，放开脚步向老人走去。钱兴却学着老爷的派头，迈着四方步，慢慢地跟在后面，嘴里嘟嘟哝哝不知说些什么。

老人和阿小如同小燕待哺般地抻着瘦长的脖子，注视着院中，在渴望着救星——饭的来临。

柏年把老人怀里的孩子接过来，席地坐下，把稀粥用小匙盛了半匙，放在孩子的唇边。孩子冻饿得小嘴已经麻木，起初好像没有觉得，一动不动地闭着眼睛，后来粥的热气熏温了冰凉的小脸，柏年的体温传到他的身上，才慢慢地苏醒过来，在吮食着有生以来没有吃过的香东西。老人和阿小饿虎得食似的稀里呼噜地吃着，眼睛却在看着那个可怜的婴孩。

柏年把孩子喂饱了，便又交到老人的怀里。孩子复活了，自己在玩弄小手，老人和小女孩子还像没有吃饱似的在用舌尖舔吮着一个米粒儿都没有了的空碗。柏年看出了他们的意思，复又跑到厨房盛了两个半碗饭和汤给他们吃了。老人最后流着感激的泪把碗交还给柏年。柏年全神贯注地倾听着，牙齿紧咬着，拳头紧握着，听完了老人叙述他悲惨遭遇的经过的话，脸色已经变成苍白。

爸爸的呼唤、钱兴的催促不能使他们再继续谈话，柏年把袋里仅有的两块钱塞在老人的怀里，安慰了几句话，便匆匆地和钱兴奔向爸爸的房中去。

爸爸左手持着烟枪，右手拿着"笑而观景"倒在床上，面前放着一套精美的烟具，边看着手里的小书边骂道："真他妈的，明明梦着杀猪不出'元桂'，却出了个'合同'，真倒霉。今天又输了他妈的六七十元，唉！"

妈妈跪在佛前，用六个铜圆在摇卦。她把铜圆放在掌心，两手合拢上摇了几摇，然后把铜圆摆成直行。复又翻开佛龛上的一本书——《押会神术》——在细心地察看，继而高声朗吟道："俊鸟幸得出笼中，脱离灾难显威风。一朝得志凌云去，高山累巢乐融融。"顺手又在佛龛上一个小签筒里抽了一个签。她不禁又对着柏年的爸爸大叫起来："国荣，你瞧，真凑巧。我占的卦里有俊鸟，有高山，抽的签又是'志高'，这不分明是叫我押'至高'吗？我们明早就押上它二十元的'至高'吧。胡三太爷真的有灵有圣保佑我们发财，你快下来给三太爷叩头吧！"

爸爸听了妈妈的话，急忙放下手里的两件法宝。翻身起来，也顾不得穿鞋，光着脚跑到佛龛前，和妈妈并肩跪下，虔诚地磕了三个响头。妈妈对着木头牌位，小声地毕恭毕敬地不知道咕咕些什么话。

<h1 style="text-align:center">三</h1>

柏年站在门限，在思量着王老头儿方才说的和目前父母的可恨及可笑的情形，心中是烦恼极了，低着头在那里发愁。爸爸一转身看见了他，立刻换了一副庄严的面孔，气愤地问道："你上什么地方去了！我喊你为什么总喊不着？"

"在大门口散步，碰到了同学，在那里说几句话。"

"又在讨论什么杀人放火的事吧，妈的，此后，不准随便出去，放学就得回家，否则，打断你的狗腿。"

爸爸由庄严变成暴戾，骷髅似的脑袋凸起青筋，凹陷的眼睛圆瞪起来。柏年没有理会这些，一声不响地走向自己的小卧室去。钱兴来唤开饭，他只佯说头痛不去。吃过了一会儿，钱兴又来了，说是老爷有话说。柏年知道是钱兴说了什么，自私的爸爸发了怒，找他去受责罚。他现在什么也不怕了，正怀着一肚子闷气没处发泄，这却是他泄气的一个好机会。他想，爸爸如果责骂他，他是不再忍受。从前的服从爸爸完全是为的念书。现在呢，书不想再念下去了，觉得念书没有用处，不愿屈在敌人的腋下，不复畏缩了，定和他做一次决斗。于是大踏步地来见他视若仇敌的爸爸。

真的，这次柏年好像上了催眠术，勇气十足地和他爸爸抗争起来。不似以前那样唯命是从了，他不爱说话的嘴现在竟也合拢不上，如同决堤的水，滔滔不绝地说个不休。爸爸气得卷起袖子，要拿起烟枪打他，还没有抬手，又急忙缩了回去，小心地把它放在烟盘里，便换了一把扫炕笤帚。银娜——爸爸的姨太太听着嚷声，走过来调解，不提防也被爸爸打了两下，她赌气走开了。

柏年虽然挨了一次暴打，但是他心里觉得十二分痛快，十二分荣幸，因为他侮辱了他的敌人，反抗了他的爸爸。

第二天下午，"跑封"的来了，柏年趁着家人都在疯狂般写"会"的时候，便偷偷跑到银娜的房里。银娜正在聚精会神地看一本书，柏年和她低语了好多时候，好像是商议着什么事情，然后匆忙地走出。银娜不看书了，在收拾箱笼。

四

银娜是个乡村的女子，一个庄稼佬的女儿。她生着一双灵活的眼睛，的确是个轻盈而俏丽的姑娘。并且她的爸爸又以很少的代价供她在同院的私塾里读了二年书，所以也粗通文字，这样的人在乡村里面是很少见的。因此博得同村的一个地主儿子的垂青。他竟不揣冒昧地自己来求婚。银娜的爸爸羡慕他有钱，又没有父母，以为银娜嫁给他一定享福，他们也可以沾光，所以便盲目地不加审查地把银娜许给了他。在订婚的第三天，就匆匆地结了婚。一个庄稼佬招了个有钱的女婿，在银娜的父母是引以为荣的。

婚后第三个月，十七岁的银娜，便被丈夫带到离故乡三千里外一个繁华的地方去。从此她和她的故乡、她的父母永诀了。丈夫是个浮荡少年，他倚仗着父亲遗下来的造孽钱，从劳苦人们身上剥削来的血汗钱，书也不念，事也不做，打麻雀、抽大烟、嫖窑子……凡是下流的事，他没有不做的。不费力来的钱，也不费力地消耗去。银娜是生在乡村的，度惯了乡村的朴实生活，又是天生成的穷骨头，这又舒适又享福的生活，她委实过不来。对于丈夫的挥霍，她是十分不满，但她不敢干涉。当她每次穿着华丽的衣服同丈夫到跳舞厅、电影院和西餐厅的时候，便要想起故乡的父母和别的同父母一样劳苦而穷困的人们。她觉得这个世界太不公平，贫富与劳逸过于悬殊了。同是人类，为什么有的不做事而生活过得非常舒适、非常阔绰，有的终日劳碌着而反得不到一碗饱饭吃呢？她真不明白为什么要这样，是谁分配的？是谁造成的？她总是这样怀疑着，这样追索着。

穷人是不配享福的，他们这类人只可去受罪，受世界上所有的罪。所以银娜享不惯福，终于到了尽头。在他们婚后第三年，家产荡尽了，衣服卖光了，最要紧的是抽不到大烟，便不能支持，至于吃饭在银娜的丈夫，还是次要的问题。

银娜的丈夫毕竟是地主的儿子，头脑清晰，心思细密，有韬略，不像穷人那样愚笨，找不到出路。他在这穷途末路的时候，竟偷偷地无声无息地把银娜卖到妓馆里去，自己带着一千元白花花的大洋，逃之夭夭了。可怜银娜落到那万丈深渊里，天天哭泣，她不愿接客。她们——王八鸨子——却硬逼着她接客，不然，就是个皮开肉绽。她也曾懦弱地自杀过两次，但都被他们发觉而解救了。后来便特殊地看守着她，监视着她，她想死都没有机会。如此过了两个月，她真受够做妓女的苦了，恨不得立刻逃出这地狱般的妓院。她想："如果有人肯出钱把自己救出去，将来就是讨饭也甘心。"所以便跟了面善心恶的柏年的父亲，从了良。起初柏年的父亲对她还算好，后来因为她不善逢迎，不会献媚，他们间的感情便一天天地恶化。打骂是常有的事，老爷没有事是不上她那屋去的。她只是孤凄凄地守着几本书过活，同情她的也只有柏年和几本书。书是柏年给她的，起初她不理会书里的意思，后来经柏年循循善诱，她才知道书上的话，都是解释她向来怀疑的事情。她现在什么都明白了，知道了一切罪恶都是谁造成的，应该怎样去对付他们的敌人，她很愿和柏年携起手来。

五

柏年的爸爸暴跳起来了，任凭大声地叫骂，顿足挺胸地嘶喊："真是岂有此理！'子占父妾'，该当何罪！忤逆的东西，竟敢如此胆大，如此横行，拐走了我的小老婆，这岂不是反了吗？一旦碰到了他们的时候，一定叫他们去坐几年监，教训教训这两个不知廉耻的杂种。"

"唉！三太爷，有灵有圣的，我的儿子不知去向了，现在已经是两年的工夫，你老人家千万给圈回来，不要叫他乱跑吧。他带走的那个淫货，叫他抛了吧。三太爷，你是知道，我只有这么一个儿子呀……"

柏年的妈妈跪在佛龛前鼻涕一把眼泪一把地祷告着。

"吴公馆的信。"

邮差来了，送来了柏年的一封信，柏年的爸爸一气读下去，边看边骂，身上也哆嗦起来。信是这样写的：

> 父亲，我现在是去了，将永远地去了。世界上的人没有不爱他的爸爸的，所以我也一样爱你，但同时我也憎你、恨你、怨你，你的奸猾、残忍、欺骗、自私……已经充满了你的生命。我现在已经看透了十二分，不愿常此这样看下去，我要从充满了奸猾、残忍、欺骗、自私……的空气的家庭里救出我自己，并且和我同样可怜的人——银娜——她比我更可怜，更明了一切，因为她是历尽了难险，嗜尽了痛苦的人。她自己不愿意在你的腋下和恶劣的环境里面活下去了，她老早就想自拔出来，可是她是个懦弱的女子，缺少勇气，她需要一个人帮助，因此我绝不向你去乞怜。我们以后的生活，全仗我们自己。你所有的财产，都是从我们可怜的同胞身上剥削来的，我们一点也不要。老实告诉你，你要小心我们将要以正义和真理向你和你的同类进攻。请你卧在床上守着你的几件法宝和你的财产等待着，提防着吧。
>
> 以前你给予我那无聊的生命，你现在统统拿回去。我一

点也不留恋和顾惜地把它毁灭了、弃置了，并且更不要使它存留在人间。我们今日以后的生命，是我们自己所有的，是我们自己创造出来的，不是属于你的了，你没有权利来干涉，我们在世界上将变成两个完全独立自由的人，今日以前我们的生命，你只当是死了，请不要追念他，我是个忤逆的儿子，不能养你的老，送你的终，其实养老送终也是件很滑稽的事。

爸爸，你不要以为你曾经哺养过我，衣食过我，教育过我，便是你的辛苦与劳力，把它当作一种到期必偿的债务，这件债务我是不还的，不要妄想吧。

爸爸，我要做一个健全的人，要做一个生命、肉体、思想、意志、自由都健全的人，我要创造幸福的世界。造福给全人类，我要打破现代社会一切制度的矛盾，我要毁灭片面的自我或局部的自私自利的人类，但是你不许我这样做，你不许我发挥我的思想、意志和自由，你不给予我这个伟大，却要我造成个人的伟大。做一个自私自利的人，叫我去剥削那在呼号、失望、悲哀、流泪的劳苦大众，像你一样的自私、残忍、奸猾、欺骗，但是我不去这样做。偏要违背你的意志，做和你心理相反的事。因此，你使用那毒辣的手腕，仇敌般地待过我，囚犯般地监禁我，你简直用对待你的地户和穷人的手段来对待我，你供我读书是为你收成的希望，把我当作了你的田地财产一样看待。你想坐收一切利益，享受一切幸福，你呀，完全是个自私自利主义者呀！

你所做的一切罪恶，现在我无暇和你理论。单就最近的几件事情看，凡是稍具人心的，谁都可以知道你是怎样的人了。

K村的王老伯，他是怎样一个忠实的农人哪！他和他的儿子给你种地，你却以极低极低的工资，牛马般地驱使他们，以致他们用血汗换来的代价还不能养活他们的一家。我现在老实告诉你，两年前，我们没有搬到城里来的时候，的确是我蛊惑他们，叫他们向你屡次要求增加工资，而你是怎的也不肯迁到城中来。从此王老伯的生活又感到了艰难，不得已他的儿媳除去别的工作外兼给村中的有钱人家——绅士、地主一类的人家做些针线，得到些许的工资补助度日，生活算是勉强维持下去。

你的好友杜泗洲是和你同样狡猾的人。在半月前，王老伯的儿媳给他做衣服，在做好送去的时候，杜泗洲见她有几分姿色，便把她留下，用野兽的行为把她玷污了，叫她做他的妾，不许她再回家去。可怜她家里抛下两岁的婴儿等她哺乳，公公和丈夫做工回来等她烧饭，七岁的小女孩也哭叫连天。第二天早上她的丈夫——王老伯的儿子——找到杜泗洲家里，他们直截了当地告诉了他，因为他和他们理论了几句，便被他们用锄头打死了，把尸体抛在附近的河里。王老伯在家里带着两个孩子焦急地等待着，一个邻居来报信，王老伯才知道发生了这样的悲剧。他跑到衙门去告状，官老爷连听都不听便叫衙役把他赶走。这样还不算完，杜泗洲又声明说："王老头儿要赶快滚出村，提防着还有三条人命。"于是王老伯连夜跑到城中来。这样的事情只有你们这类人才干得出。这样的痛苦，只有穷人才能挨受。

王老伯和两个孩子在将要饿死的时候，恰巧遇到我，我给他们两碗饭、两块钱——因为你看我常把钱给乞丐，你便不给我钱了，所以我口袋里只有你给我买书的两块钱。因为这个，钱兴告诉了你，我挨了你一顿暴打。

我向你叙说王老伯遭遇的时候，你却说："天生的穷命鬼，应该受这样的罪，谁让他娶貌美的媳妇，不怪叫我们的杜大哥抢了去。好看的女人，只有富人才配占有，穷人不知自量，真可恶。他饿死干你什么事，死了倒干净，世界上穷人这么多，死一个算得什么！你把两块钱白花花地送给他，若押会还赢六十元呢！真混账，你把我的钱胡乱地花费，你知道我的钱来得那么容易吗！"

工人胡四他们二十多个人，一个月以前，在火一般的太阳底下，替你盖好了五间瓦房。你以每月一百五十元的租金担了出去，而他们卖血汗应得的几个工钱，到现在你还没有给他们。他们每次来讨，你不但不给钱，而且把他们骂出去，一定要等你押会赢了钱才能把这笔债还清。你就是这样吮吸他们的血，你就是这样榨取他们的力，你究竟是何居心？你曾逼死了你的地户阿龙的妻子，因为阿龙交不上地租，你便要以他的妻子做抵押，因此他的妻子自缢死了，阿龙也不知逃到什么地方去了。你做的这种事，比这更厉害的事，真是指不胜屈。你这样的行事，我实在看厌了，我不能这样看下去。你每天的工作就是抽大烟、押花会，设法算计着剥削穷人以满足你的欲望。你这样活着吧，我并不希望你变成一个很好的人。

总之对于你、对于家庭，尤其是对于这个万恶的社会，我是看透到十分，并且绝望到十分了！我们现在将要去毁弃一切。凡是你所珍视的，我们都要加以蔑视；凡是你所服从的，我们都要加以反抗；凡是你所恪守的，我们都要加以破坏；凡是你的同类所做的一切，我们都要把它毁灭净尽，一点也不让他遗留在人间。

爸爸，我明知道，你看了这封信一定要气个死去活来，但是我怎么忍也忍不住了，因为我们是父子的关系，所以，我老老实实地向你说了，这个请你原谅吧。

别了，永远地别了。

我们眼睛里放出了血的光。

去奔向我们的征途，走上光明的平坦的路。

你的儿子柏年绝书。

一九三三年十月

只是一条路

　　嘉生一想起那不知下落的孩子，心便像刀绞似的难受，于是他自己埋怨着自己："不应当啊！不应当鼓励孩子去——那孤独的孩子。"但孩子终于认识了目前的形势，愿意奋力冲破这腐烂的环境难道不好吗？

　　孩子性情的倔强，意志的坚决，认识的清楚，就像天生的一般。他虽然还是不满十四岁，但已完全没有天真的模样。举动、言语都像成年人，因此他的哥哥很高兴。他想象这样一个老成的孩子到社会里去，一定能很可靠。

　　一个飘着雪花的早晨，哥哥便把孩子唤到跟前，他说："家栋，你到公司去做事吧，练达几年……"

　　"做什么事？"

　　"听差的——侍候先生。"

　　"哥哥，不能再念书了吗？我还想升学呢。"

　　"唉，书念点够用就行喽，况且家里不存多少钱，升学不更是做梦吗？还是做事好啊，自己经济一独立，什么都好办哪！聪明的孩子，这个你该明白吧！"

　　"哦，明白，哥哥。"

　　家栋真是明白呢，他一切都明白了。所以他不再勉强和他哥哥争论了，含着眼泪回到自己的小卧室。

　　晚饭没有吃，伴着辛酸的泪水，一直睡到天亮。

晌午，孩子背着轻便的行李卷儿，到那所谓"什么都好办"的公司服务去了——这是他奴隶生活的开始。

××公司是很大的局面，家栋便被派到人事课里侍候先生，每月总算开付十二元哈洋。人事课长以外，还有两个办事的先生，一个叫董志明，一个叫俞嘉生。

不知道什么缘故，家栋特别和俞嘉生要好，这也许俞嘉生富有同情的本性吧。他时时刻刻教着家栋念书，甚至把他所知道的都要教给他才甘心，家栋也刻苦地孜孜不倦地学。

仿佛日子过得很久了。孩子也不像乍到公司时那样的懊丧了，学校他更不恋慕了，正如他自己在高兴时所说："在学校里从来没有学过这样说理的东西呀！"只要是炸弹，就有爆炸的时候，这炸弹终于爆发了，却是为了一桩很平常的事。

下班后，先生董志明又虎着课长的架子，横眉立目地咆哮着："王（指家栋）到公馆给太太烧饭去！"

"我不去。"

"浑蛋东西，这是瞧着你了，别不知自重。"

"当先生的要自重，请不要无故骂人。虽然，我是你的听差……"

嘭的一声，董志明的手掌敲到办公桌上，接着又是一声大骂："他妈的……你还反了吗？骂你，还要打你呢！"说着凑近家栋，紧握着凸棱的大拳。但是，家栋没有表示一点怯弱。

"打，你才反了呢！我可不是你的牛马呀！今天公馆烧饭，明天公馆打水……"

啪！是一个耳光。

嘣！是一个飞脚。

家栋竟大胆地和董先生厮斗起来。

胜利当然是属于董先生的。当晚孩子就又背着轻便的行李卷儿，高高兴兴地回家去了。这在他自己正以为是第一次斗争的凯旋。

风卷扬着暴雨，不住地敲着玻璃窗，发出一种响亮的脆音。天越发昏暗起来，像锅底般。闪着光线雷的轰震，充满了宇宙，每一个人都在跳趷着惊颤的心弦。

家栋背着手站在窗前，用那笔直的目光看外面疯狂般的世界，继而他唉了一声，踱进哥哥的音乐室去。

抑扬的乐声戛然停止，哥哥不高兴极了。

"家栋，你待得不腻吗？这次该你自己想想办法吧！"

不待家栋回答，高个的姐姐就抢说一句："自己啊，想去吧，真是不知事的孩子。"

"我知道我是一个最孤独的人，没有父母，也没有兄弟姊妹。过去亏了你们抚养，我已是感谢一万分了。现在呢，的确应该自己想办法，免得累赘了你们一生。"

"少说闲话，要走就走。"

"是呀，少说闲话呀！"

"哼，走不走，那就在我了。"

家栋真是变成一匹小疯狗了。

当天午后，嘉生接到一封信，信的内容是这样的：

嘉生××：

　　我已经去了，去的地方和去的目的，大概你总可明了。今后能不能再看见你，又是后话。但我觉此别不怎样难过，实在是因为快乐和光明把我包围了。

　　前面亘着只是一条道——与环境斗争——我就要奔上此途，以至于死。

　　啊！现在我真是一只小鸟哇，不，是一匹野兽哇！

　　你借给我的书，我拣爱读的随身带去几本，算是你赠给我吧。余下还有七本，留在家里，还有我给你的一张照片，在书本里夹着，有暇去取来吧，没有关系，他们早已认识你了。

我去了，再见了，祝你努力。

　　　　　　　　　　弟家栋敬礼

　　嘉生一口气读完了信，鼻管酸溜溜地发痒，眼睛怒涌着热的泪水，像带了一副近视镜般地什么也看不清楚了。但他正像一枚成熟的石榴咧着嘴笑。

　　事情已经成了一年前的陈迹了。嘉生一想起那不知下落的孩子，心里像刀绞似的，于是他自己埋怨自己："不应当啊，不应当蛊惑着孩子去——那孤独的孩子。"但孩子自己是这样说："前面亘着只是一条路——与环境斗争——我就要奔上此途，以至于死。"

　　　　　　　　　　　　　　一九三三年七月七日

伊瓦鲁河畔

"满洲国"旗黄又黄，

一年半载过不长，

东洋虎，

满洲狼，

一股脑儿见阎王。

伊瓦鲁河岸上有一种粗犷而无韵调的歌声，在四月的春风里骚动着，隔岸辽远的东方，黎明正藏在那边白桦林的云雾之下。而伊瓦鲁河的上空，却晴朗得像无边的海，北归不久的小燕儿，在这无边的海里浮着，是那么迅速。

歌声寂寞下去了。当歌声又起的时候，沿着伊瓦鲁河的河岸，有两匹马拖着一架犁杖和一个掌犁的庄稼汉子出现了。马颈下系着那小铃铛像磬似的清幽幽地响起来，和着那粗犷而无韵调的歌声，播布到四方去……回来了，从不知名的远处，回来了模糊的反响。

河、田地、天空，都安静得像一张有彩色的山水画。歌声停了。马儿又在兴奋之下嘶叫了，随后又能听到那清幽幽的铃铛叮叮地响了，它们总是间歇地循环着，犁刀翻起去年又黑又松的垄沟，前进……

日头从云雾里爬出来了。

同样的调子，而是和粗犷相反的声音，远远地开始跟粗犷的歌声对抗起来，有时，它埋伏在丘岗下面，歌声就变为深远，有时，它冲上了丘岗，立刻又脆快而高亢。而且它们接触得越发近了。

掌犁的汉子向迎面走来的人大声地说："长腿三……唱吧，使劲儿唱吧！"

"为什么不使劲儿呢？你看，"长腿三指着附近的村子说，"咱们也要变黄了！往后再唱这歌，可就不容易啦！"

"长腿三，你的胆量哪儿去了呢？还是唱啊！不管他怎样，该唱还是唱！"

"行啦，留着你的命吧，留着有一天人家来占你的地的时节拼吧！"

"自然是的，咱们的土地，谁打算给夺去，那可不行。这一块地有咱们祖宗的血和汗，有咱们祖宗的尸骨。长腿三，你想想一个后代，眼巴巴地看着人家把自个儿祖宗的尸骨盗去，那还叫人？"

"贾德，冲这话，你小子有骨头！咱们的祖宗的后代全是硬棒的，不是这样，咱们简直不能认他是中国的子孙，贾德，你说呢？"

长腿三向贾德提出这样一个问题，贾德好像没有十分了解似的，至少，他以为长腿三不能牢牢实实地相信他，有向他讽刺的成分。贾德这汉子是不能信服这个的，可是，他并不要跟长腿三吵架，而是郑重其事地指着长腿三担在肩膀上那个明亮亮的锄头起誓："长腿三，你记着，我贾德若不是掏心说话，立刻就死在你的锄头下！"

长腿三笑了笑，扛着锄头走到贾德的犁杖跟前。

"到底宣抚员是什么东西，你知道吗？"

"我弄不大清楚呢。"贾德把缰绳往后一勒，犁杖就站住了，"依胡老大的儿子说，是一个人，是东洋人，还是'满洲国'人呢？他也不知道……我想，反正是个坏蛋，冤家对头！若不然，为什么强迫咱们家家户户插黄旗？"

"听说，那些旗，全是宣抚员派人送来的，真他妈的熊人，一张花花纸，一条子树枝，就硬要一角钱，哪来的王法……唉，贾德，老村长那面布旗倒大，你看见没有？"

"早看见啦！鸡一叫，那旗就挂在大门上，这回真叫势派：搭一个牌楼，还搭一个小戏台子……"

"那全要咱们摊的钱……"

"哼，摊？我叫他摊炸子儿！"

"敲钟的时候，你去不去呀？村长说，不去不行。"

"为什么不去，他不让去还不行呢，我非要看一看不可，宣抚员到底是什么东西。"

"对，看看，咱们一块儿去……"

贾德的缰绳上下抖动了，犁杖开始前进着，又黑又松的土，被犁刀割成两行。他们背向着背，距离渐渐地远了。

犁杖好像一只流线型的汽艇，在大地上挺进着，它的顶尖上一劲儿翻起土的浪花，被翻出来的长而肥的蚯蚓，宛如成群的鳗鱼在大海里游泳。

贾德呢，他的外貌和无声无息的天空，和伊瓦鲁河一样安静，然而，他的心也正如天空中的云和伊瓦鲁河中的水，奔狂不羁地流动。当他的犁杖爬上高岗，他就昂起头来向西瞭望，漂筏村，一百多户人家，掩盖在垂柳和榆树的下面。那儿有几十条炊烟从不知揭换过多少次茅草的房子顶上冒出来，把柔软的上空突破，一直升起，而后在一个相当的高度停住了。

这些，并不是贾德所注意的，它和他已经足足有二十八年的结合，什么都是恶熟烂旧的了，所以没有引起他注意的必要。而特别使贾德注意的，却是在他目力所及的地方，小旗子的招展。

"他妈的。"贾德气愤极了，全身好像受了寒风似的打着寒战，"一下就变了！好，我预备一条命，看你能变到什么样儿。"

贾德的犁杖经过他祖宗的坟茔。于是，他把马勒住。

他在爷爷坟前磕了三个头，爬起来又在刚死不到半年的爸爸坟前磕了三个头，然后，他就跪在那里。

"爷爷，爸爸，东洋大盗要来了，可是，你老放心，我宁肯死在这儿，我也不能把你老的尸骨抛掉……你老有灵有验，快叫我变成三头六臂吧！……"

贾德两眼泪汪汪地站起来。他随便拍了拍挂在膝盖上的泥土。

犁杖转了个弯子，冲过另一道垄沟。

他看见一个人向河沿走来。贾德看得准确，那是他们村子里外号叫作阮小七的杨万镳。

"小七，"贾德大声地叫着。杨万镳在半里以外健步飞来，并没有回答。他只高扬起他的右手，表示已经听到了。等小七走近的时候，贾德很殷勤地问道："做什么去？小七。"

"你不要管。"

"你瞒不了我，我是刘伯温——"

"告诉你，不，不许你……胡……说八道，"小七面红耳赤，顿时也口吃起来，"你要是……走走……漏了……风声，提防…你……你的命！"

"为什么对我这样？小七，你为什么这样凶横？……"

然而，小七并不向贾德解说什么，他的大拳头往贾德的鼻梁上虚晃一下，就匆忙地向河沿走去了。

"为什么对我这样，小七，小七，我祝你一路福星啊！"

贾德的犁杖又停下了。他的眼睛却一刻不停地望着杨万镳的脊梁，在河沿上，杨万镳怎样脱了衣裳，又怎样把衣裳卷成一个小团，举到头顶上，怎样漂出半截身子到了河东沿，又怎样穿上了衣裳头也不回地往东走去，他全看得一点不漏。

犁杖虽然又动了，可是他的眼睛，依旧牵到杨万镳的身后，一直等那短小的黑影，模糊地从他的眼睛里消逝了。

刚到中午，在村长院子里那个告警的老钟嗡嗡地响了。

接着就是老村长和四五个比较说得出的角色陪着宣抚员走出了大门。宣抚员的三十名护卫兵，全副武装荷枪实弹地跟随在后面，一齐往大门前一块广场上新搭成的小戏台走去。

人们从不同的地方向小戏台集拢，他们全是张大了怀疑的、敌视的、好奇的眼睛，对着小戏台不断地扫射。孩子们埋在大人群里乱窜，他们却是袒露着快活的预感，可是为什么要快活呢，那正和小狗看见一个不相识的贵客就莫名其妙地乱摇起尾巴一样。

"妈呀，为什么搭戏台呢？……要唱戏求雨吗？又不像是……"

"妈，回去把二妞也抱来吧，多热闹哇……"

"要是有奶奶，今年我要买一杆扎枪。"

类似这种多是带着渴望的欲求，在大人的集团里，全都碰了壁，然而，那些孩子仍是不识时务地在大人的身后叽咕着，擦着小脚，终于有的挨了顿揍，有的挨了顿骂，于是这小的空间，就在呜咽与生气之下岑寂了。

在台子的正面悬块木匾，一张大红纸，用臭糨糊贴得非常糟糕，木匾上很明显起着一排一排的褶皱，当中四个大字"王道乐土"，是老村长用唯一的"柳体"挥成的，但却不大"惟肖"。

"哎，老夫子，"一个农民向一个人家都称他作"土圣人"的白胡老头子问，"发发慈悲，告诉我那匾上写的是什么字。"

"呃，呃，这是老村长的手笔，真好。"

"真好，可是，是什么字呢？"农民追问。

"那是王……王什么，什么土。"

"什么土哇，老夫子？"

"啰唆，你们总是好刨根问底的，……告诉你：那是大烟土！"

"'王大烟土''王大烟土'……嘿嘿。"

那个农民向圣人尊严地笑了一下，嘴里翻着唾沫念着"王大烟土"，挤到另一人堆里。

"闪道！……闪道！……"

一个最单纯、最威武的叫声，在人们的背后冲过来了。于是，所有的脑袋，好像被一个总机关扭动似的，一齐向后一扭转，所有的眼睛全是带着贪婪的探索。一行列，仿佛是一条有毒的巨蛇，从人群里傲然地穿过去，爬上了台子。

"听着，康德皇帝的黎民们，"老村长用尽了元气站在台子上喊，最后那三个字完全带着咳嗽喷出来的，而后他又压着咳嗽，"你们应当跪下，宣抚大臣来了！他带来了皇帝的圣旨……听着，你们应当跪下！"

老村长说完之后，往台子旁边倒退两步，首先跪在那里。然而，台下的人却强直地屹立不动。这时候爆竹突然毕剥毕剥地响了。台上一个穿着长袍短褂的中年男人，迎着那急骤而脆快的爆竹声，向前移了两步，大声说道："我非常荣幸，我非常快活，今天我奉了康德皇帝的意旨，来到你们这个小村子，想不到你们举行了这样隆重的欢迎仪式，你们这样热烈地都来参加，足见你们这些诚朴勤苦的农民，早就爱'满洲国'，早就赞成'满洲国'了。"

"说鬼话！"

这一个响亮的怒吼，突然从台下的人丛中冒出来，正像晴天里的霹雳把宁静的天击碎了。人们呢，立刻起了一阵巨大的纷扰：涌动、嘈杂、骇叹，一齐像海潮似的向台脚下卷去。台子和台子上的人，整个在战栗着，在摇撼着。

爆竹停止了。

宣抚员非常震怒，他握紧了拳头，抻长脖子，如同决斗时的姿势，时而回头看看自己的武装的护卫兵，时而又看看台下朴实而坚固的人群，他心想："我可以对付你们的。"然而他又一想，那个念头就立刻打消了。而且，在他的眼前仿佛有一块不祥的暗云在浮动，这时候，他原有的姿势改变了，而且，他把讲得烂熟的、千篇一律的开场白的下文，一时也弄忘了。

他想另以息事宁人的演讲词，来表示"满洲国"的仁恕，同时，他也要表示这不是屈服。于是，他振作起来，态度和语言的平和，简直像个老练的传教士呢。

"说这话的人，是谁，我不追究他，你们从这一件事情上，可以相信：'满洲国'对于你们老百姓有多么大的宽恕。但是你们应当明白，只有永远赞成'满洲国'的百姓，才能有永远的安居乐业呀，你们的世世代代不都是安居乐业，幸福才落到你们这一辈后代人的身上吗？你们不要太愚啦，你们要比前一代人更聪明才行，生在王道乐土的'满洲国'的百姓们，唯有'聪明'才是一条生路。"

台下没有反响。于是宣抚员的语气变为强硬了，而且承上一转，就转入了宣传王道乐土的主题。

"从前土匪该多么凶悍愚蠢哪！自从'满洲国'立国以来，那些凶悍愚蠢的土匪都变聪明啦，归顺的归顺，招抚的招抚，这就是一个真凭实据，在王道乐土里没有反叛，并且也不容许有反叛，假若有反叛，那是比猪还蠢的东西了……那种人有一条路，什么呢？是一个死，是一个死！"

老村长的腰突然弯了下去，很明显是受了宣抚员的恫吓了。而台下庞大的人群，恰与老村长相反，头部昂直，胸脯挺起，他们像预备格斗的雄鸡抖擞着美丽的羽毛，然而他们没有美丽的羽毛哇！他们抖擞的是朴素的衣角。

"现在，还有一些不知死的鬼，"宣抚员向台下扫视一周之后继续说，"自称什么义勇军，什么抗日军，到处奸淫抢掠，祸国殃民，这些东西都是顽强的土匪，'满洲国'正在连同友军扑灭他们，不久他们就要全数死亡啦，你们良善的百姓们，都立刻跟官兵联合起来，一致向我们的敌人进攻，你们明白吗？扶助国家，等于扶助你们自己……"

"来，把这小子扯下来，别让他撒野啦！"

声音跟先前的一样响亮，而且这次的纷扰，却比先前扩大了。

这时候台上的话剧，突然转为恶劣了，全副武装的护卫兵，一齐冲到台沿上来，老村长为防止意外计，连忙爬起来跑到后台去撤梯子。于是台下的人群，就像看着一出顶糟糕的戏似的，完全恶意地暴叫着，跺着脚，有一只大泥鞋飞到台上去，可巧打中了一个护卫兵的脸，他喊道："谁？他妈的！"

应声一个响亮的回答："你老子！"同时这个人更要表明是他，就全身使劲向上亢动，土黄色的多棱的秃头，高出所有的脑袋，那分明是贾德。

那个护卫兵也看得非常分明，接着他回骂道："你小子不要命啦，好杂种，是你老子养的，你别跑！"

护卫兵转身就走，一下被老村长截住，宣抚员也厉色制止着那兵："要镇静，不准肇事。"随后，他又对全体护卫兵命令地说："你们都退回去，他的名字我记牢啦！"

老村长已经是迷糊颠倒的了，他以为宣抚员也命令他退回去，所以他随着护卫兵们退到后台边去，剩下宣抚员一个人在那里独挽危局。宣抚员虽然鼓着"为国牺牲"的胆子，他虽然是经历得多，习以为常了，他虽然有三十个武装的护卫兵，但过去有许多事实，给了他不少的教训，那就是每逢到距离城市较远，四外没有友军驻防的地方，他的宣抚工作就特别要随机应变了，这个机变不外是：见软就上，见硬就回，那时候他可以不要'满洲国'宣抚大臣的尊严，向老百姓跪地求饶，反之，他就杀人不眨眼了。可是，如今宣抚员要怎样独挽这危局呢？那自然是要应用前者的手段，而且他那种手段，也是有一定的步骤的。

他一边吩咐护卫兵把刚才一同带来的小木箱打开，一边对台下说："你们全不用闹……'满洲国'好或坏，也不用我瞎说，天长日久……就能品出来。不是吗？我也是中国人……我也有爹有娘……"

"中国人里不要你！"

"你不配！你是小鬼子的走狗！"

"妈拉巴子的，三年啦，我们什么情形全吃透啦！用不着你瞎白话！"

"看你样，是中国人，听你说话，你是我们的活对头……"

"你没爹没娘，你是从石头缝里蹦出来的，没长人心！"

"把他心剜出来！看看黑到什么样！"

"什么话全不用讲，眼下就弄死他，他也不屈……"

长腿三躁愤地拉动贾德的胳膊叫。

贾德好像迷乱了。他看见宣抚员那种惶恐的样子，反而觉得他非常可怜。"弄死他吗？"他想，"真的，他是中国人，他也有爹有娘……可是，他为什么偏要做挨万人骂的勾当呢？……假如东三省要亡净了，他能得到好处吗？他也要有后代，他的子孙呢？就不管了吗？……"想到最后，贾德可觉得这东西怪恨人的了，他对长腿三说："弄死他？弄死他都不要咱们动手，不信，看吧……这小子才真是望乡台唱莲花落不知死的鬼呢！"

接着他又对着台子上警告似的大喊道："你这小子要是知道好歹，趁早土豆子搬家——拣蛋出沟。信不信，老贾总算对得起你的老人和后代！"

数不尽的小纸包像雨点似的，由台上抛下来，人们又开始涌动了，孩子们埋在大人的群里，向胯间冲撞着，摸索着，互相争夺吵骂着……

一个纸包打在贾德头上，又弹到身旁一个孩子的怀里，那孩子如获至宝，分外高兴地跳起来，而且小心翼翼地把它打开。那是一张顶薄的小纸，上面印着一个通红的圆圈和一面"满洲国"旗，里面呢，是一块黑色的糖。那孩子不认得是什么东西，就近问贾德："这是什么呀，黑色的挺硬，能吃吗？"

"不能吃！"贾德喊着说，"这全是黑矾，扔吧，想毒死你啦！"

孩子是一大半相信了，不过，终于有点舍不得的样子，摊在手心里左右端详。

"快扔！"贾德催促着。

孩子把糖拿到鼻子上嗅了一下，扔了，剩下的纸他在折叠着呢。突然，一下被贾德抢下来。一边撕碎它，一边向孩子说："撕了它，这是东洋鬼子跟'满洲国'的旗！"

"撕它！"孩子还有点舍不得的样子，然而他却坚决地附和着说。

黑矾，东洋鬼子的，跟"满洲国"的旗，这一个风传，像虎列拉时令症似的在大人和孩子之间流行着。大人得着的，当然毫不犹疑就抛弃了它，踏践了它，唯有岁数比较小的孩子，非常执拗地，不肯放弃他既得的宝贝，于是脸蛋上，屁股上，被大人乱拧一阵，并且大骂着："不要脸的瘪崽子！你给我扔！小亡国奴！"

孩子们哭断了气，有的在大人的巨手里顽强地挣扎着，有的倒在地上打滚，也有的被大人打得太厉害了，就像老村长一样跪下告饶了。

贾德和长腿三热烈地杂在人群里做着那简短的宣传工作，除此而外，他们什么都不知道，什么都不在乎。

当然，台子上的人在什么时候走光了，他们也没有看见。

贾德苏醒过来的时候，他发觉双手反缚着，两只脚脖被"木狗"夹得紧紧的丝毫不能动转，仿佛是一条受伤的毛毛虫，尽可能地蜷伏在角落里，并且眼前黑洞洞的任什么也看不见。他在这鬼祟莫测的黑夜中只能听见许多马蹄声和马的喘息，此外，他还觉得周身的刑伤处，经过土车猛烈地颠簸阵阵作痛。

风，好像是一把温凉的笤帚从他的周身每个汗毛孔上扫过。贾德更清醒了。

现在，他第一个要求就是"死"，唯有死才能赎回他"悔之不及"的心，他非常恨他自己，为什么对一个吃人的野狼乱发慈悲呢？那么当野狼一翻脸，又咬自己的脖颈，怨谁呢？

怨谁呢？贾德谁也不怨，只是怨自己生得太愚蠢了，不会很好地了解和对付一头狼。

他用牙齿咬住自己的舌头。他要试一试这是不是梦，或者这是不是死后的阴魂。——贾德确曾死过一个很久的时辰，当凉水掺着煤油从他的鼻孔、从他的嘴灌进去的时候，当无数条马鞭落在皮肉逼供的时候，他完全昏厥过去了。——而结果，舌头痛了，这是一个确凿的证明，他是活着，活着。于是，积虑和希望渐渐地由他的心头涌了上来。

他知道，无论把他载到什么地方去，这条命，是一点把握没有了，但是妈妈、老婆、孩子呢？那个狼说：反满抗日必定祸灭九族的，假使这话不是什么恐吓，那就难免了，因此，他反悔自己不该承认，承认了之后，不是又无故多添了许多麻烦吗？就像硬叫供出和河东义勇军的关系啦，硬叫供出谁家藏几支枪啦，等等，这虽然都在严刑之下，未曾吐露只字，可是，终竟让那狼骗了：在承认之前，他为什么不说"反满抗日祸灭九族"呢？

他认清这是那没有良心的狼，存心吃人的地方。

然而，他们——妈妈、老婆、孩子们——是不是一道来了，或是早就被弄死了呢？今后的结局，贾德简直不敢设想。

然而，他却拼命地想着给河东义勇军送信去的阮小七、杨万镳。

他的死意从一种希望里复活了，他好像吃了一个苦涩的生李子之后，又吃了一个苹果，不过，少量的甜味仅仅是在口里逗留片刻，苦涩登时就恢复原状了，于是，他贪婪地想把整个的苹果吞食下去。

除了风，除了马蹄，在贾德的四周全是冷静的空虚，他静静地期待着，从身旁是一个喷嚏来了，他静静地期待着，从身旁又是一个哈欠来了。

"懒虫！又打盹儿！"

"不是，队长，这车颠得太厉害了……"

"放屁，端平你的枪!"

"是!"

这声音就在贾德的身边震颤着，尤其是那队长的声音，简直使贾德不寒而栗。他回忆，每一字，每一句，都像一柄残忍的锋利的匕首，冲刺着他的心窝。可是当贾德在老村长家里过堂的时候，他一点也没有被残忍的锋利的匕首所屈服。这一条汉子是抱着一个宁死不屈的精神，来回答那无情无耻的面目。

"打死我也好哇! 枪毙我也好哇! 你挡不住我骂你，你们这些不要脸，丧尽天良的狗娘养的，你们做汉奸，连你的爹娘都不要了呀!"

"艾火，艾火，往他嘴上烧。"

宣抚员非常震怒地咆哮着，他命令他的刽子手——队长，用那旺盛的艾火绳，向贾德的嘴唇上乱触。

"问他，"宣抚员命令他的刽子手，"问他还骂不骂。"

"他妈的! 你还骂不骂?"

艾火绳虽然停放在贾德的嘴唇上，可是并没有制止住他的破口大骂，就是这样，贾德的嘴唇焦烂了。现在他突然听着队长无故大骂一个护卫兵，他恨不得一下把他打死，只可惜他现在没有打死他的自由了，于是他也忍无可忍地骂道："用不着这样，你放心大胆好啦，就是你把绳子解开，'木狗'除掉，我也不跑，他妈的，老子早把'死'扔到九霄云外了，老子要是贪生怕死，也不能这么干!"

"你小子不用'扬蹦'，"队长说，"你的好吃头还在后头呢……"

"老子什么也不怕，你们随便拿老子送礼好啦，要脑袋呀，要心呀，要什么呀，随便!"

"都要!"队长非常逼人地冷笑了一声，又狠狠地说，"要你的命!

"你们这些不要脸，丧尽天良的狗娘养的!"

"骂！"马鞭抽在贾德的肩膀上，"你再骂？给你戴上'嚼子'。"

"你就给老子戴上吧，你还有什么玩意儿，都趁着你有权，赶快使——"

"嚼子"不客气地横在贾德的嘴上了，贾德仍旧顽强地讲着，骂着，然而他讲什么，骂什么，谁也听不出来了。只有不断的唔唔声，像一架风车似的在风里转……转……转……一直到焦烂的嘴唇、嘴角破皮流血时，才渐渐沉默下来。

一切都沉默下来了，只有风声，马蹄与马的喘息。

一个骑兵从后方风驰过来，带着一阵阵神秘的冷风从贾德这部大车旁越过，而且他失声地喊叫着："宣抚员！……队长！……后面……离二里多地！"

队长像一只猿猴那么敏捷地从车辕上跳下，随后他又跳上自己那匹白马，追着骑兵的影子跑到前方去，以后经过一个很短的时间，前方的命令传下来了。

"快跑！……快跑！……"

于是所有的马匹，全像被弄惊了一样，没头没脑地向着走不尽的黑暗里窜逃。

有人喊道："来不及啦……光顾跑，不行，找地势吧！"

有人回答："往前是一片平川，什么躲闪也没有哇！"

"天哪！……天哪！"

在极端的恐怖中，零星的子弹带着铮铮的声音流过来了，流向那无边无岸的荒原，接着这流扩大了冲洗的面积，从后方以飞快的速度兜围上来，而且夹着清晰一致的呼啸："丢开你们的枪！擒住万恶的走狗！弟兄们，我们没有仇哇！我们决不伤害你们……"

宣抚员的马鞭子从手里丢了，他使劲地用脚跟撞着马肚，企图以超速度逃脱这场大灾难。然而，那清晰的、一致的呼啸，一刻比一刻迫近了，他感到孤独，他感到危险，他感到他的权威逐渐消沉下去，可是，他尤不能不在生死关头施展他的权威。

"郭……队……长!"他的嘶叫,从马身上颠簸出来,不止一次。

是什么回答了他呢,那是最使他胆碎的:"擒住万恶的走狗!"那句响震天地的吼叫。他想:"郭队长死了吗?……可是我还有护卫队呢!"

于是他的号令又从马身上颠簸出来了:"开枪! 开枪!"

之后,他就把紧了马颈,他预备在自己的护卫队和敌人短时间的对抗当中,单身逃脱;但是,不幸得很,一粒子弹从后方飞来,穿过了他的马腿,马突然向左侧倾倒下去,而他的左腿被压在马身下,正当他企图从马身下挣出自己腿的时候,一个冰冷的东西触到他的前额上了。

"不准动!"

可是受伤的马一边嘶叫着,一边立起它的前蹄,结果又向左侧倒下去,这样宣抚员的腿从镫上解脱下来了。然而在他头上的威胁,使他不敢立刻爬起。

"不准动!"

接着这个声音,又是一阵更大的叫声:"擒住啦! ……朋友,擒住啦!"

"放开……我,吴绍宗,你这,没有良心的东西!"

当得胜的号筒声传进漂筏村时,大地上已升起黎明的淡影了。

队伍完整地、兴奋地,从人海里分出一条小路,他们的身子几乎在一种欢欣而复杂的狂呼声中摇撼了。

"我们的义勇军哪! 我们的义勇军哪! 我们救世救人的义勇军哪! ……"

有许多人把大车围住了,并且在喊:"看卖国贼! 都来看啊! ……看卖国贼呀!"

大车好像陷到泥泞里,很费力气地在人群中向前蠕动着。唾骂和吐沫仿佛是雨点般落在卖国贼——宣抚员的脸上。

“别啦，别啦，”一个端着枪的守在宣抚员的身旁的弟兄哑着嗓子喊起来，“全吐到我的身上啦！”

一个老太婆，和一个年轻的妇人抱着一个小孩子，在人群里一边冲撞，一边叫喊：“贾德！……贾德！……贾德呀！……”

在队伍的后边传来一个模糊的回响：“妈……妈……”

以后许多人都弃开大车，开始向另一个地方包围过去，被包围在核心的是杨万镳，长腿三，贾德和他的母亲、老婆、孩子，男女老少六个人。

他们谁也不表现一星儿悲哀，他们都在笑，刚强的笑，让眼泪从眼窝里干回去。

贾德夹在人群里，带着不集中的感想向前挤动。四周永不会完结的亢奋的骚扰，使贾德的血压增高，他的整个身子都要爆裂了，然而，他唱了起来：

　　“满洲国”旗黄又黄，

　　一年半载过不长，

　　东洋虎，

　　满洲狼，

　　一股脑儿见阎王。

不只是一个长腿三，无数的人，老的，少的，男的，女的，一齐起来合唱，像沉雷一般传播到远方去。

一滴，一滴的鲜血，从贾德焦烂的嘴唇上滴下来了……

当天早晨，游击第五分队张队长，就在老队长的院心里召集全村开一个紧急会议。

他们决定了四件事情。

第一件，是对于老村长的投降“满洲国”，本来应当严惩的，并且他自己的儿子——五分队第二排排长——也主张把他父亲和宣抚员一起发落；不过，老村长说是他一时老糊涂，才干了一回对不起祖宗后代的勾当。他向大家叩头哀求，给他留下那一条老命，他情愿以全部财产捐助游击第五分队。后来讨论结果是只收纳老村长现金部分的十分之七，至于田地部分呢，是提出十分之八，分摊给全村之中的贫农，其余的作为他们家族的生活费。房屋暂时仍归老村长所有，但，凡义勇军经过漂筏村时，老村长的院子，须做临时的驻扎所。

第二件，是关于三十名护卫队改邪归正，都情愿参加游击第五分队，誓志反满抗日的事情，那自然是毫无异议了。至于捉获宣抚员的吴绍宗须报告县队，论功行赏。

第三件，是张队长提出来的，他认为护卫队队长的逃走，对于漂筏村是一种最大的不幸，依他的计算今天夜里就会有大批的日军来屠杀全村的。他向全村的代表说："按照现在的实力和地势，我们没有和他们交手的必要，我们为了避免这个损失——没有丝毫把握的战争——必须在正午以前退回山林里去。我们虽然退走了，单丢下你们，他们绝不会便宜你们，向来是这样的，只要是他们听说哪一个村子留驻过义勇军，他们必定要把那个村子的人杀个干干净净，才算完事。因为，有过这样一个经验，我希望你们全村子的全家大小，跟我们队伍一齐退到山林里去暂时避一避，将来看情形再把你们送回来。"

全体都赞成张队长这个提议，一些代表马上就要回家去收拾行装，后来张队长拦住说："先不必忙，我们还有一件最重要的事情，你们忘了还有一个汉奸宣抚员吗？……你们说，应该怎样发落他？"

全体队员、代表，众口同音地喊道："弄死他。"

"当然要弄死他，"队长说，"我打算把他弄到村外摆个祭，祭奠祭奠我们为反满抗日而死的战士，你们赞成不赞成……"

张队长的话没有说完，四周的赞同声就沸腾起来了。

太阳还不到正午，游击队第五分队队员已经把浮桥搭好了。

完全与移民一样，除了田地，除了房子和井，什么都搬到河西沿来——一条狗，一只鸡，一个鸡蛋，他们也都搬来，但是，他们习惯的踏实而敏捷的手腕，并没有耽搁退走的时间。

当游击队员帮助村民们搬运什物过桥的时候，一个队员在一个孩子怀里发现一只小狸花猫，他玩笑似的对孩子说："一个小猫你可带了来，你们家的耗子呢？怎不带来？"

"小猫抓耗子，"孩子完全不解地说，"耗子吃米……不带！"

"臭虫你带来了吧？臭虫可是吃人的呀！"

"我为什么不知道臭虫吃人呢？妈偏要把它带来，我不乐意！"

这一段谈话，恰巧被五分队第二排排长听见了，他又羞又愤。当这时候，老村长独自上了浮桥，他非常害怕，他喊着儿子的名字："扶我一下吧……这么颤，……站不住脚……来扶我吧！"

"自己走吧，"五分队第二排排长正扶着一个老太太，他听见父亲喊，就回过头来愤愤地说，"站不住脚，站不住脚就掉进河里去！

"儿子呀……儿子呀！"

"卖国奴！谁是你儿子？"他还要咒骂：吃人的老耗子，吃人的臭虫。

然而他怕人家笑话他，他就没有说出口来。

儿子扶着老太太走了，老村长孤零零地站在浮桥中间发了一阵呆，一耸身就跳进河里。

"老村长投河啦！"

在群众的呼啸当中，五分队第二排排长，并没有再回过头来。

然而没有人捞救，没有人怨言，也没有一个人叹气，一切都被昨天、今天和明天的愤恨推开了。在他们脉络里，在他们四周，只有一个单纯而不愿休息的而且也不能休息的兴奋激荡着……

浮桥拆完了，贾德往车上搬运着最后的一块木板，笑眯眯地向着长腿三唱起他顶爱的那首歌谣，用雄鸡报晓时的姿势和喉音。

一九三六年七月一日　上海

轮 下

　　天老爷的脸总是沉甸甸的，难民们的脸也总是沉甸甸的。

　　一连五天没有开晴，难民区已经变成了泥泞的世界，所有的小草房，人们整个的身心，都浸没在泥泞里了。家家户户都为雨水所苦，也都为雨水忙碌着。

　　经过昨夜一夜暴雨之后，虽然太阳还不肯出来，但，总算开了晴，难民们锁着的眉头都展开来。于是，男人们都出去找工作，女人们便光着脚，卷起了裤腿，蹚着又腥又臭的泥水，在阴霾的秋空下，在阴霾的小屋里工作着。她们用簸箕把屋里的泥水泼到门槛外，同时，再把门槛外的泥水移到破水桶里，用扁担挑到半里外的小溪里去。这段路，好像是崎岖的山路，她们那泞滑的脚，踏在泞滑不平的道上，肩头上压着重担，一不小心，便连人带桶一齐滚倒下去，于是，人，也变成泥人了！

　　她们通力合作不分界域，大家忙忙碌碌地清理她们的院落。连孩子们的小脸上也满涂了泥污，跑来跑去地做着轻便的事体。因此，不到三个钟头工夫，原来那泥水浸没小腿的院心，已经露出了地皮。屋子里仅剩下腥的潮湿的气味了。

　　被雨打破了的门窗，也用报纸重新糊了起来。一切都快收拾定当，只等她们的丈夫回来，把屋顶上的漏洞填补一下，那么，什么全复原了。

　　大家工作完了，长长嘘出一口轻松的气。于是，各人回到各人的小屋里洗着汗污的脸，有的连留在腿脚上的泥都不洗，让体温去烘干它。孩子们有的出去讨饭，也有的出去捡垃圾和凋零的树叶去了。

陆雄嫂整理好了针线篮子，想稍微休息一下，好出去揽点活计。她把脑袋刚刚放在枕头上，六岁的小柱张牙舞爪地飞跑进来，一下绊在门槛上，跌了一个满脸花。陆雄嫂被吓了一大跳，她刚想去扶，孩子却早已敏捷地自己爬起来了，意外地孩子没有哭，那足以压倒一切恐惧的事情，使得孩子不曾感到疼，他瞪着恐惧的大眼睛，暂时怔了一下，便拉着陆雄嫂的手，气喘吁吁地说："妈……鬼子又来抓胡子，妈妈……我怕呀！"

孩子的话像一根绳，突然地把陆雄嫂的心拉了一下，于是她急迫地摇着小柱的肩头问道："在哪里？……柱，你快说，鬼子在哪里？"

"在王大妈的屋里，还有两个警察……妈，准是又来抓胡子……"

陆雄嫂把眼睛放在窗户缝向王大妈家的方向望了一下，刚好有三个人从王大妈的房里走出来，前面走着一个穿西装的矮小的人，从那两条鸭子腿看去，的确那是小鬼子，他昂着头，后面跟着两个狐假虎威的武装警察。不，那是一对猎人的狗。

陆雄嫂的脑袋好像涨大了许多，她很清楚地听到她那扑通扑通跳着的心，要不是用手按着，也许要跳出嗓子来呢。

一条顶门的铁棍，被陆雄嫂丢进灶坑里，昨天小柱捡来的那把生了锈的小尖刀，在陆雄嫂眼里也成了违禁的东西，她顺手把它扔进水缸里。

全屋都清查过了——其实昨天就清查好了——每个角落，甚至每件东西都曾仔细端详过、考虑过，直到她认为再没有什么犯法的痕迹了，她才停了下来。于是，悬在高空的心，也跟着降到半空了。

小柱看到妈妈藏这收那，更加恐惧起来，他央告着妈妈："妈，妈妈……把我也藏起来吧！"

"傻孩子，藏你干什么呀？"

"妈……我怕……我怕鬼子抓我……"

孩子的憨话，使得陆雄嫂又是难过，又是愤恨，又是好笑："好孩子，不怕……有妈在……宝宝快快长，长大好去打鬼子！"

妈妈把儿子搂抱在怀里，紧紧地，在儿子的脸蛋上亲了一下。

"嗯！打他们，统统打死……一个不剩。"

小柱咬着嘴唇说，是那么愤愤然的。

陆雄嫂抱着孩子悄悄溜出去，把这消息通知了左近的几家，然后又悄悄地溜了回来。小柱的眼睛始终是瞪大着，他是抱着无限的恐惧，紧紧地偎在妈妈的怀里。

孩子为什么这样害怕？陆雄嫂为什么这样胆小？那只有天晓得。

闻了风的人家，也都在忙乱起来。他们跟陆雄嫂一样抱着无边无涯的恐怖，抱着无边无涯不祥的预感。难民区两次三番不祥的事件，把他们的胆都吓破了。虽然他们都在安分守己地过着少柴无米的苦生活，然而那无妄之灾，天外飞来的巨祸，在他们的预想中，仿佛是不可避免的命中注定的灾殃了。

李大福、宋胜安、董达……不都是又老实又安分的年轻小伙子吗？可是他们都无缘无故地让鬼子当胡子抓去弄死了，为什么呢？他们真想不通。

整年，整月，他们生活在这想不通的恐怖里。

天，正如一个庞大的铁锅，沉重而乌黑，黄昏越近，它就越见低下。黑色的云片也加浓、加厚，渐渐地，渐渐地，仿佛要压下来，把这个污浊的人间盖在里面，让它在里面窒息。

贼光光的闪电，在黄昏里虚晃一下，紧接着是轰隆隆的一阵，沉雷好像由天空掷下来的炸弹，把难民的一群不坚定的草房，震得摇摇欲倒了。

院里紧聚着的人群，似乎没有被雷声所动，他们仍在你一句我一句地计议着："无论如何……不能……让他拆，这是……咱们……一滴滴血……一滴滴……汗，堆起来的。"宋子胜的伤寒病还没有好，腿还不能迈步，便硬迫着老婆扶他起来，那简直是老婆把他推到人群的。

"不让拆，你惹得了吗？你拦得住吗？"

"咳……咳咳……"

"咳！"

女人们叹息。

"真的，谁惹得起呀？阎王爷叫你死，你敢不死吗！"

宋子胜刚要说话，眼前一阵黑，差点昏倒，于是，又被老婆推屋去了。

"咳……咳……"

"咳……咳……咳……"

又是一大串女人们的叹息。

"什么办法？……穷就穷喽，难道这条穷命也不让活下去了吗？"

这话里含着无限的辛酸与眼泪，绝望与愤懑，闷沉沉地响在人群里。

人们的脸跟天空一样阴沉，人群暂时静默了。

"就这样挺着，叹叹气，发发牢骚，就算完了吗？要想活，还得想法子啊！"

陆雄年轻的响亮的喉咙，又把人群叫活了。

"是的，挺着就是等死，办法是要想的！"王得福接着说。

"办法，办法，我问你，你想出什么办法来啦？……嗯？你倒说呀！"

邹家昌的脾气总是那样暴，三句话不投就要跳起脚来，可是，难民区的人，谁都佩服他。他有胆量，有主张，虽然他的主张有时候不免过激。他的个性最强，谁的话他也不肯听，连宋子胜也说不了他，唯有陆雄的话他却句句服从，他常常向人说："我们陆二哥才算是一条好汉哩！他说话行事，简直叫你没法反对。别看宋大哥比他岁数大一些，可是要讲韬略、纲条，还是数我们陆二哥，你别看他不声不响地……哼！"

"一句话，你们哥三个，一个赛一个，桃园三结义，一点也不含糊！"

邹家昌得来的回响，差不多总是这两句不变的话。

邹家昌遇事肯出头，做事也顶干脆，说了就做，不能做，他也不徒发空言——去年涨水以前，在福民纱厂做工，就是因为要求增加工资和陆雄一起被开除的。

他顶瞧不起王得福，随声附和，乱喊口号。他明知没有主见的王得福是绝没有什么办法的，但，他想在人们面前教训教训他，板一板他的毛病，故意地逼问着。他两只锐利的眼睛认真地逼着王得福的脸。

"我的办法，又有什么用……自然拿主意还是找你们哥三个呀！"

王得福憨脸憨皮地说了。他不知道害臊，说完了把眼睛仰向天空，倒背了手。

邹家昌挥动着强有力的胳膊，正想牢牢实实地教训王得福一番，陆雄一旁拦道："老三，安静些，我有话说。"

邹家昌的气，好像一个气球碰在钉子上，马上放空了。胳膊随着落下来。

无数条视线都向陆雄的脸上射去了。

"依我……第一步，就是，明天大家到市公署去请愿……"

话还没说完，邹家昌首先嚷道："对！去请愿，……陆二哥说得对！"

接着，赞成的声音便连珠似的响了。

"请愿？请愿能成吗？"然而，不知是谁这么怀疑地喊着。

"是啊！我也是这么想呢，只怕是白跑一趟吧。"有人附和着。

"成，败，我们先不去想它，请愿，不过是走走场面，但得能够和平解决，那是再好没有的了，那是我们意外的造化。不成呢，我们只好进行第二步……"

雨，倾下来了，先是稀大的雨点，当人群中喊着"第二步怎么样呢"的时候，便像瀑布似的泼下来了，人群被击碎了，四零五散。

"雷阵雨，三后晌，又得三天不开晴。要命的老天爷呀！跟小鬼子一样凶狠！"

女人一边跑一边嚷着。

叹息、愤恨、喧嚷，一齐都沉在倾盆的大雨里了。

难民区的主人们全走光了，连小孩子也不留一个。

一间挨一间的小草房，远远地看去，很像乱坟岗子的坟丘。黑色颓萎的短墙，歪斜破碎的门窗，在晦暗的天空下，真是临风欲倒。现在它们是湿淋淋地、孤独地站在凄风苦雨里，悄然地伴着周遭的污泥，静待它们的主人来决定它们的命运。

宽敞的青板石的马路，放着水的光。它的两旁昂然地立着庄严华丽的大厦。那一长列褴褛的队伍，走在这样繁华高贵的道上，是过分不调合的，他们那些泥泞的脚，都把这条干净的马路踏脏了。

蒙蒙雨像喷布似的喷着这一群褴褛的行列。人们的破烂衣服都贴在皮肉上了，冰冷的，像落在河里的小鸡。他们的行列虽然没有军队那样整齐，步伐也是错乱的，可是他们的脸孔却比出发的军队还要严肃，还要雄壮。年纪比较大一点的孩子，全收敛了天真，和大人一样严肃起脸孔。在那队里，找不出一个笑容，光着屁股的还不大懂事的孩子，冻得嘴唇发青，鼻孔通红，他们忍着苦，不哭，不吵，好奇地随着大人们跑着，他们不知道是发生了什么事，也不知道冒着雨往哪里去，只觉得这是一个稀有的盛会，心想，许是看什么热闹去吧？但看看大人们的脸，全是那么气昂昂地，便又觉得不是去看热闹的神气，看热闹去是该高兴的呀！于是，忍不住地便问了："妈，上哪儿去呀，看戏去吗？"

"嗯，看戏。"妈随口应着。

"看什么戏？妈！"

"看外国戏！

"看外国戏？妈，外国戏有没有鬼子呢？"

"嗯，有。"妈妈仍是有意无意地应着。

孩子马上不走了，扯着妈妈的衣襟，急得要哭的样子："妈，我回家，我不去……有鬼子我不去呀……有鬼子我不去呀……我要回家……"

"走，不怕，将来杀鬼子的都得咱们哩！怕他干吗？"身旁的哥哥握紧了拳头说。

"不，我怕他们有枪，还有刀，他们净杀人……毛婶说，鬼子专杀中国人，毛叔也是叫鬼子杀死的。"

孩子吵个不休，妈妈吓得赶忙扯着一只胳膊把孩子抱起来，用手把嘴盖了，孩子暂时不吵了。又是一个巴掌照着孩子哥哥的头上打去，狠狠地骂道："该死的，你净招他，叫他在大街上瞎吵，你不要命啦？"

"……本来嘛！"孩子的哥哥不服气地说。

一路上，在这一列队伍中，类似这样的事件，不知发生了几起。小孩子们看鬼子比他们幻想中的巨齿獠牙的鬼还要害怕。大人，无论怎样也壮不起孩子们的胆子。

这褴褛又不整齐的行列，仿佛很被人注意。它抓住了每个过路人的眼睛，拉得好远好远，直到再不能拉长了的时候。有的停下了脚步，也有的带着气喘从老远跑来，瞪大了那奇异而且卑视的眼睛，看着他们一个一个走过去。更有的跟着他们走，行列的后边、左边、右边，都有人在围绕着，跟踪着。虽然，天还在落蒙蒙雨。

到处引人注意，到处聚着人群，维持治安的警察们，时时和他们发生冲突。

"你们成群结队干什么去？"瞪起圆眼珠子，厉声厉色发问的，是"满洲国"的警察。

"请愿！"回声是单纯而率直，并不示弱。

"妈拉巴子，请什么鸟愿？"警察老爷显然是被这粗暴没有礼貌的答语激怒了。

"不干你的事，没有工夫和你细说，等会儿你就明白啦。"李二虎气冲冲地和警察翻着眼睛。

"妈拉巴子的，还反了你啦，睁开你那只瞎眼睛看看，跟谁说话，这么大的口气？"

"就跟你！"李二虎的气正没处发泄，这回抓住了对头，他想把那一肚子别扭都对警察发出来。他平生最恨的是警察，因为当他拖着洋车跑在街上的时候，常常受警察没来由的打骂，他认为警察便是一条人形的狗。

李二虎的眼睛瞪得比警察的眼睛还大，警察握紧枪柄子，他也握紧了粗大黝黑的拳头，他已经预备和警察厮斗了。

这实在是伤了警察的尊严。警察老爷也好侮辱吗？

一个巴掌冲着李二虎的脸飞来，李二虎躲闪得快，没有打上。接着，李二虎那青筋暴露的拳头也飞起来了，但是还没等落下去，一个不提防，他的胳膊不知被谁从后边给拉了下去，并且捏得非常紧，他回头一看，原来也是他的对头。

他挣扎着，跺着脚，前面那个警察望着他做着胜利的狞笑。这时，行列纷乱了。人们像蜜蜂似的嗡的一声都拥了上来，那长列的队伍变成了人的海，他们的来势也正像怒涨的海潮，个个都义愤填膺，摩拳击掌。在看热闹人的预想中，这一场血战，是避免不了的啦，他们都机警地择好了地势，远远地观望，预备到双方接触时便于逃脱。

然而，这是一种不必要的担心，警察绝不是傻子，他们是见硬就回的。如今，见这一群"穷党"人多势众，来势汹汹，不免生了寡不敌众的畏惧。因此，当这队伍分散的时候，李二虎的胳膊早就重获自由了。

两个警察互相努了努嘴，退后了。

人群又恢复了长的行列，继续向前涌动着……

当他们到达市公署的时候，市公署门前的大钟刚敲过九下，门的两旁停着好多自用的小汽车，和好多日本人特备的三轮摩托车，可是，门里边——整个市公署却是那么静悄悄地一点声息也没有，简直像一片荒凉的墓地。四个守门的岗兵，端着上了刺刀的大枪，挺着腰板规规矩矩地站在那儿，脖子挺硬，脑袋是死的不动。脸孔和脚尖面着一个方向，眼珠是直呆呆的，望着什么也没有的前面，那不像是人，有些类似两对泥塑的把守庙门的小鬼。

然而，当这个浩浩荡荡的队伍拥到门边的时候，那两对泥塑的小鬼却活转来。他们的腿活了，手活了，眼珠也活了，而且是活得那么起劲。他们把四杆大枪横住了大门，企图把人群挡回去，但是，那一点也不中用，人们可以从横枪的下面钻，从他们胯下往里爬。尽管他们用那挂着铁掌的皮靴往人们身上踢，尽管用那铁锤一样的枪把子往人们身上戳，也踢不退人们前进的勇气，也戳不散这蜂一般的人群。一群人受了伤痛暂时后退了，另一群又继续拥了上去……最后，有两个岗兵把铁的门扇拉拢，预备把门关起来，可是那门扇又被人推了回去，人群里嚷着："为什么不让进？我们是来请愿。"

"请他妈拉巴子什么愿，滚，滚，赶快给我滚，不，就开枪！"枪嘴子冲着人群比画着。

"好，你就放吧，老子的命不要啦！……左右是个死，你放吧！"宋子胜拥在人群的最前头，抖颤着脑袋，两只深陷的眼睛，晦暗无光，瞪得非常怕人，他拼命地吼着，他是用尽了所有的力量，才把那几句话连着喊了出来，苍白的脸气得变成了猪肝的颜色，脖子上的青筋像大虫似的都胀了起来。他说完了话便把身子倚着老婆站在那里，两只胳膊交叉在胸脯上，人群暂时停止拥动。

"放吧，你倒放啊！……老子是不怕死的。"

"看你鬼样！打你！你还不值一个枪子呢！"

"不值一个枪子……那么，你随便怎样弄死吧！"宋子胜用劲地拍着胸脯，他就好像气炸了肺，他的老婆在他的身后急得乱搓脚，扯着他的肩膀，小声地央求他："你看，你气得身上乱颤，走吧，我扶你回家去，好不好？"

"回家？净睁着眼睛说梦话，哪是咱们的家？眼看就没安身之处啦……还回家呢！"

越劝，宋子胜的气越大，老婆没有办法，只好偷偷地抹眼泪。

"弄死吧，弄死吧！这样红胡子年头，这样窝囊的日子……够啦，活够啦！"

"弄死你？还没那大的工夫，痨病鬼，看你也没多大活头啦！"

宋子胜得到这样一个侮辱之后，他开始在卷着那破得一条条淋湿的袖子。老婆看看他那发光的眼睛、睁着的鼻孔和咬着的嘴唇，知道他是准备和那个岗兵动手了。她担心他病得那样虚弱的身体，尤其是怕他闯了大祸。一想起难民区被鬼子当胡子抓去没有下落的几个精壮的汉子，直把她的腿肚子都吓软了。但是，无论如何，她毕竟还比宋子胜的力气大些，她紧紧地抓住宋子胜的胳膊，一直把他推到人群的最后边去。

这时，宋子胜再也没有挣扎的力气了，他竟不能挣脱老婆的两只手，而且等到老婆的脚步一停下，他便像一摊泥似的颓唐在雨地上。于是，老婆也随着坐了下去，支起两条腿撑着宋子胜的脊背。

宋子胜是因为过度的气愤，过度的虚弱；老婆是因为过度的用力，过度的害怕。于是两个人一齐发着抖，他俩坐在雨地里，好像一对淋雨的鸡雏。

人群恢复了以前骚扰，枪柄子又开始活跃起来。

谁也没有听到警笛声，可是，不知什么时候，人群却给一大伙警察围住了，直到枪柄子和人的腰背接触时，人们才发现那一张张怒目横眉的脸。

宋子胜急迫地喘着，上牙紧咬着下嘴唇，在心里狠狠地骂着……这一群丧尽天良的畜生……然而他再不能冲上前去了！他喊不出来，也骂不出来，尽管气得要胀裂开，也不能吐出一个字。舌头含在嘴里竟不能卷动。他想跑过去，拿出他"扛大个"的力量，把那种丧尽天良的畜生给统统打倒，抢来他们的枪，冲着市公署开放，打死小鬼子，打死甘心给小鬼子做走狗的汉奸。但是他的腿已经不受他的指使，好像从他的身上分解开去了。现在，即使是一只鸡，他也没有把它弄死的气力，他恨他自己为什么变得这样不中用。

陆雄从老远走来蹲在宋子胜的面前说："大哥，你应该回去静一下，不要太火性。你的病，这样凉的天，又下着雨，冻着真不是闹着玩的！你应该回去歇一歇。"

宋子胜只是不住地摇着脑袋。

陆雄把肩头向上耸了耸，皱了皱眉头郑重地接着说："不，你一定要回去，坐在这样湿凉的地上，对你身体是不利的……大哥，你不要太固执，身体要紧，留着有用的身子还有更大的用处哩。至于请愿，本是小事一段，这种冲突，我们早就料到的，必然发生的事情，又何必这样认真呢？……大哥，你回去，消消气，事情，有兄弟们办，左右结果也是我们料到的……"

站在人群尽后头，一直没有跑前一步，夹在女人和孩子堆里的王得福也附和着说："是呀，小事一段，用不着动这么大的火，身子要紧哪，是不是？……你跑到前边去和他们吵，该多危险！我真替你捏一把汗，有什么事都有他们哥俩办，你何苦去冒险呢，还病病恹恹的……"

宋子胜狠狠地瞪了王得福一个白眼，把王得福没有说完的话瞪了回去。宋子胜的呼吸越发急而弱了。

"你看你该多么软弱，快让大嫂陪你回去吧，我去让李二虎找辆他认识的马车来。"陆雄说着便挤在人群里。

终于，由无数只眼睛，把气息奄奄的宋子胜送上不花钱的马车走了。人们马上又都冲着市公署的大门拥去。

陆雄一转身，又听见前边嚷起来："你们这群王八蛋，也不睁开眼睛看看，这也是你们造反的年头吗？再不散开，小心你们的狗命！"

陆雄紧走几步，挤到前头，他压住了满腔燃烧着的愤怒，用低沉而严肃的声音，向一个守门的岗兵说："朋友，用不着动枪动刀的，都是中国人，又没仇没恨，何苦这样故意为难呢？我们不是造什么反，只是要见见市长。劳你驾，给回一声，不然，就是这样吵闹一天也没有用处，什么事也解决不了……"

"要见市长？他进京见皇上去啦……就是他在这里，也未必肯见你们哪！听我说，你们趁早回去吧！"

"哼！真是癞蛤蟆想吃天鹅肉，市长也好随随便便见的吗？唉！"一个警察用鼻子哼了哼，非常傲慢地说，他把嘴唇撇得长长的。

邹家昌是忍无可忍，他现在忘了陆雄"不要轻举妄动"的嘱咐，竟在人群里跳起脚来："你放屁，不要脸的东西，你把市长的身份看得那么高，看得那么尊贵，他还不如一条狗！"

那个警察跷起了脚，把眼睛向人丛里找了半天，也没找到说话的人，于是他气昂昂地端着枪一声不响了。

"市长不在，那么科长也行……就请你回一声吧！打开窗子说亮话，今天见不着，我们是不回去的。"

那个岗兵把脑袋扭过一边，寻思了半天，又和另外一个岗兵不知嘀咕些什么，转过身，迈开下操的步子走进去，一会儿，他跑了回来，向着人群嚷道："总务科长说啦，让你们派一个代表进去，其余的人赶快散开，远远地散开。"

"我们没有代表，我们不懂什么代钟代'表'的，要进去，大家伙一齐进去。不，就劳他驾出来一趟吧！"邹家昌又粗暴地叫起来。

"对啦，我们没有代表。"

"告诉他，别摆架子啦，出来吧，少找麻烦！"

"统统进去，统统进去！"

无数的声音附和着，人群又像海潮一般涌动了。

"真他妈的，你们这群捣乱鬼！"那个岗兵现出无可奈何的神气，非常不耐烦地，一边愤愤地骂着，一边又照原路进去了。

市公署门前的大钟，已经是十一点过一刻了。

天已经放了晴，但是太阳却总不肯出来。因此那水汪汪的石板马路，依然是那么水汪汪的，尤其是市政府门前的地上，让人们的泥脚踏得就连水汪汪的样儿也看不出，大脚印上边踩着小脚印，小脚印上边盖着大脚印，纷乱地、错杂地，完全让稀薄的泥泞盖上了床破烂的被子。冷风吹过来，吹向人们被雨淋湿了的衣裳。那凉湿的气息，往毛孔直钻，冷得小孩子紧紧地偎在大人的怀里，打着冷战，大人尽可能地把自己的衣裳裹着孩子，然而，那衣裳也是冷的，湿的。

几天没有出去做活的泥水匠胡来，从昨天晚上就只吃一碗稀饭，现在又冷又饿，要不是因为下雨，多少可以找到点活做，他越想越生气，于是他放开嗓门和身旁的李二虎发起牢骚。

"穷人，穷人还有活路？连老天爷都和你找别扭！哪年也不像这二年，总是连阴天，大雨，小雨，涨大水，涨小水，整年是水淋淋的，成他妈拉巴子水国啦！"他用手背抹了抹清鼻涕接着说，"活了快半辈子啦，东三省什么时候涨过水？净是小鬼子闹的，什么国不好叫，偏叫个'满洲国'，你想，洲要满啦，水还不往外流？"

胡来说到这里，把两只手掌狠狠地往大腿上一拍，跺了一下脚，随后又把二拇指竖了起来，冲着李二虎的脸点画着说："你睛等着吧，二虎，没个好，现在是三年两次大水，从这往后就更勤啦，年年得涨，没个好！"

李二虎听了胡来的话，低着脑袋想了一会儿，突然又把脑袋抬了起来，两只巴掌拍得那么脆快，把旁边的人都吓了一跳。

"你说得真对，我也想起来啦，'满'字是三滴水，'洲'字又是三滴水，剩下那个'州'字横看又是两个三滴水，竟成了水啦，怎么不涨水呢？"李二虎把左手掌朝上平平地伸开，说到一个"三滴水"就把左手的手指头按倒一个，再按倒一个……最后五个指头统统拳起，才把两只胳膊放下去。他像发现了什么人家发现不到的奇迹那般自鸣得意。

人们都朝着他两个望着。

“那个，我倒不……”胡来刚要说下去，李二虎突然推了他一下，指着市公署院里说：“你看，八成是什么总‘督’科长来啦，长袍短褂的，还迈方步哪……”

人们的眼睛都顺着李二虎的手指头掉向市公署的院里去。

蓝缎子夹袍，外面罩着件礼服呢马褂，黑色金貉绒的小帽头，正面还钉了一块鲜绿翡翠。胖胖的圆脸，两撇人丹胡，这便是市公署的总务科陈科长。他远远地干咳了一声，非常生气的样子冲向大门走来，一看见这一伙破得稀烂的人群，便把两道吊死鬼眉毛扣到了一起，老远就用粗暴的声音喊着说：“你们这是做什么？来了这么一大堆，这成个什么样子？多么难看！”

“将就点吧！”不知是谁，气冲冲地嚷着，“难看，贫富不均，这世界永久不会好看！”

“散开，散开，派一个代表来说话。”陈科长一边向前走，一边这样命令着。

然而，他的命令，只能使他属下的职员服从，现在，却失去了命令的权威。

“我们没有代表！”

“不懂得什么叫代表！”

“我们个个是代表。”

无数条声音织成一个总的回答。

陈科长迎着这数不清的声音，把脚步停在大门里边。

门外边的女人们像蜂群一样携男抱女地都一齐拥了上来。

“修修好吧，老爷，千万别拆呀——我们的房子……”

“辛辛苦苦凑合起来的草房，要再给拆啦，简直就不用活啦！”

“那场大水灾，把房子、庄稼……统统冲跑啦，就逃出来这两个人……”

女人们想到那让大水冲倒了的房子跟庄稼，冲去了的人畜，以及所有的一切财物，竟都伤心地哭了起来。她们跪着、爬着、哭着、嚷着，乱七八糟地在申诉她们的苦处。那已经引起来的无限伤心，是任什么也制止不了的。要不是岗兵们横着枪，把住大门，她们能跑到门里边去扯陈科长的衣襟。然而，她们的诉苦是没有用的，那正像跪哭在死人的灵前。陈科长是丝毫不为所动，他怎么也想不通，"穷""遭水灾"，真值得那样伤心吗？

"滚开！滚开！"他挥着手，瞪起牛样的眼珠子，胡子都翘起来了，他觉得这群娘儿们太可恨啦。大水冲去了这，冲去了那，跟他诉的什么苦，连哭带喊的，把耳朵都震得要聋啦，这简直是来给他闯祸。要不是院脖子长，这样又尖又高的哭喊，给日本人听见，那他就得吃不了兜着走啦。他把手伸出去试了一下，偏偏是北风，向着院里吹，那么，风是能把这声音送进去的。他原想出来把他们吓走，可是现在，竟使他没有发言的机会。他的威风完全丧在这群穷鬼的手里，说不定也因为这群穷鬼而受到什么处罚，更或把饭碗子打碎呢！他真急啦，打扫了一下嗓子，跺着脚大声喊道："涨大水，干我什么事，那是天灾……"

"什么？天灾，请问天灾是不是你们造成的？"

一直保持着沉默的陆雄，现在是不肯沉默了。他这责问的口气把陈科长的脸马上说热了，接着这责问，那些刺耳的话，像机关枪似的接二连三地都向他射来。

"你们说防水，修江坝，逼我们捐钱……你们发财啦，我们得着什么好处？"

"孩子大人三天两头瘪着肚子不吃饭，把钱都他妈的捐到他们腰包去，你们肚子倒肥起来啦！"

"好几十万块大洋，修了那么高一点江坝，那就能挡水啦？不像闹着玩一个样？"

"修江坝，是挡江南；江北还没修，我们白花钱啦，连房子带地带人都冲走啦……"

"哼！涨大水自然不干你们的事喽，你们正好得一个发财的机会……可怜我们的血汗钱……"

陈科长有点无所措手了，已经听不到女人的诉苦，显然地，这些天不怕地不怕的穷光蛋，是越来越凶了，他后悔说错了话，以致惹出这么多使他心跳的话来。要不赶快把话锋转过去，恐怕一会儿有更使他站不住脚的话喊出来。于是，他摸一摸人丹胡，干咳了一声，两条胳膊举起来，向空中按了按："不要乱吵，我连一句话都听不清……你们究竟有什么事呀？"

人群稍微安静了一点，可是咒骂声他依然能够听得见。

"你们来见市长有什么话说呢？……一个人说，一个人说，乱嚷我听不清，白搭工。"

"让陆雄说。"谁这样提议着。

"对，让陆雄说，我们要安静。"

大家都在推举陆雄。

陆雄把脚向前挪了一步，响亮而干脆地用探问的口气说："我们不明白，为什么非拆南岗下坎的难民屋不可？"

"唔！那是因那群破房子太不整齐啦，最要紧是'满洲国'大哈尔滨市的计划一定要拆除它！因为它'有碍观瞻'！"

"什么叫'有碍观瞻'呢？"

"有碍观瞻你也不懂？那就是'不好看！'"

"唔，不好看！……只因为不好看就要拆，那么拆了之后，我们到哪里去住呢？"

"我哪里晓得，又不是我要拆的。"

"那么，这命令能不能撤回呢？我们今天来就是这一点请求！"陆雄压着一肚子气，声音变得有些粗暴。

陈科长把态度更郑重了些，沉着嗓子说："这是没有用的。不要说是我，就是市长，他也做不了主，我劝你们还是赶快回去想法搬家吧，成命是绝不能收回来的！"

"谁能做主呢？"

"自然是……"说到这，陈科长态度显得很窘，下面的话他没有说出来。

"……东洋人喽！"出人意料地，李二虎把陈科长接不下去的话接了下去，人们都吃惊地向着他望了过去。陈科长也跷着脚用眼睛找说话的人，又回过头去望了望，他的脸皮变成灰色。

陆雄冷笑了一声。

人群又突破了安静。邹家昌叉着腰冲着陈科长的脸问道："你是不是中国人？难民区是不是中国地？"

陈科长的脸由灰而青。他知道这问题越发扩大了，他擦着手，急得要哭的样子。突然，像想起了什么似的，右手颤颤地揭起了那宽大的袖口，看了看左腕上戴着的长方形手表："唔，差十分十二点！"

他自语着，然后，又举起两只胳膊，向空中按了按，压粗了嗓子说：

"唔，别吵啦，我替你们商量商量看，三天之内答复。"他又看了看手表，"现在，你们快回去，快，快，眼看十二点下班啦，看你们黑压压的把大门都堵严，成个什么样子。这，这让东洋人看见，那还了得！"

"东洋鬼子是你祖宗？你那样怕？"邹家昌使劲嚷着，冲着陈科长跳起脚来。

陈科长的脑袋迅速地向后一转，瞧着办公厅还没有人出来，他长长地吐了一口气，才安了心。等他再把脑袋转过来的时候，情形完全变了！

人群像沸滚的水那么滚腾起来。岗兵的后边发现两个穿西装的矮人。于是，陈科长的心立刻跳起来。他几乎不相信自己的眼睛了，他问："刚才在什么地方藏着来？"他揉了揉冒着金花的眼睛，再仔细地看了看，那分明是有名的"中国通"小野和松田，他们不闪眼珠地盯着那翻腾的人群，狡猾地冷笑着，嘴里不知道说些什么。陈科长只能听懂一句骂人的话："八格牙路。"

随后，他看得非常清楚，有两个年纪很轻的小伙子，顽强地在五六个警察的臂膀里挣扎着，大骂着。一个职员在后边扯动陈科长的马褂。

这时候，孩子的哭声，女人的喊声，男人的吆喝声和骂声，搅成了一片。

天又哭了，把泪水大量地洒向人间，它的悲哀，好像一个新死了男人的寡妇，那阴郁的脸儿，让人看了心里发闷，闷得连喘气都感到费力。一堆堆黑色的云团，拥啊拥啊，一会儿工夫，天空就变成了漆黑，显得那样矮，快要压下来了，一伸手，好像就要摸到天的黑脸蛋儿似的。

孩子跟大人一样不高兴，大人是为了生活不安定，孩子是为了作对的老天爷，老是不肯露太阳。他们真想架起梯子把那偷懒的太阳从云团里挖出来。

当宋子胜老婆沉痛的哭声响起来的时候，邹家昌的妈跟李二嫂也哭哭咧咧地顶着雨走进了满是稀泥的难民区。

李二嫂，在臂里抱着她那个黄蜡脸满身脓疥的孩子，左手架着邹老太太的胳膊，挪动着脚步走着，她脸上被泪水和汗水冲洗着，也腾不出手来擦一擦。

邹老太太的灰色头发一绺绺地紧贴在发亮的头皮上，走一步，滑一步，周身全是黑色的烂泥，一看就知道她曾经在泥里打过滚。她一边哭，一边抽搭："我那……可怜……的……孩子……呜呜……"全是皱褶的眼皮现在也鼓溜溜地胖起来了。

邹老太太一走到宋子胜的门口，就被那绝望的号啕引了进去。

门里门外黑压压挤满了叹气的人们，她什么也没看，便挣脱了李二嫂的手，突然来了一股力气，摆着胳膊横冲直撞地挤了进去，她身上的烂泥，别人也沾了光。

脚刚踏进门槛，她一下就扑到宋子胜的身上，放声哭了起来，一边哭一边唠叨，那声音好像是唱小调："两天的工夫哇，哥仨就剩下一个……他大哥……你有灵有圣啊……给小鬼子个眼罩看……"

"你不能饶了他们哪，我的天……哪……呜……呜……你活着惹不了，到阴曹……地府，可别饶了他们哪……呜呜……我的天哪……呜呜……"宋子胜的老婆伏在宋子胜直挺挺的尸首上号啕着。

一个是响亮的、尖而高的，一个是苍老的、暗沉的哭声在互相应和着，好像报警的洪钟，震撼着湿霉的小草房，震撼着人们的心。

"你是活生生地让小鬼子气死的……积年累月呀，呜呜……我的天哪……你的冤魂不散，要活捉他们!"

"你一定要报仇的……他大哥……你老兄弟昨天也让鬼子弄了去……还有李二虎，昨天看你病重没敢告诉你……他大哥你有灵……有圣……"

"我的天哪……你活着刚强……"

"可不，老宋活着刚强，死了也绝不能尿包……他一定能报仇的，不信看着。"

王得福背着手跟着人们叹息着。正在宋子胜的老婆哭得起劲的当儿，他从中插了这么一句。

在那边抱着孩子站着抽咽得言不成语的李二嫂轻蔑地干唾了一口："呸，不害臊!"

胡来也非常卑视地瞪了王得福一眼，把嘴唇撇得那么长："嘿，算个人?"

从昨天起，王得福简直成了众矢之的了，连小孩子见了他都要冲他脸上吐上几口唾沫。为什么呢? 那是因为昨天正当大家在市公署门前闹翻了天的时候，他却偷偷地独自溜回了家，直到那悲愤的人群回来时，他还在酣睡着。

如今，他看着从四围射过来的卑视的眼光和唾骂，自己也觉得脸上怪发烧，于是，在人们全不注意的当儿，他悄悄地溜走了。

陆雄的脸色非常难看。当人们哭叫的时候，他的眼睛总是瞪得圆圆的，总是咬着嘴唇不说一句话，他从来就是不大开口，如果不是必要，他常是保持沉默的。但是，这回却不是简单的沉默，看他那严肃、冷峻的样子，不像是发愁，也不像是生气，只是使人看了感到不安，像有什么严重的事情要发生似的不安。

直到把宋子胜抬走了回来之后，陆雄才向刚收拾起眼泪喘着气的邹老太太询问关于她们去探寻邹家昌和李二虎的消息。

但，当邹老太太和李二嫂向他一五一十地述说，怎样市公署不承认有这两个人，怎样把她们轰了出来，又怎样跑到刑事科，又被打了出来的时候，陆雄却没留耳听，实际这全是他不问可知的事情，过去的许多事情早已告诉了他——不单他，别人也明白。不过，这时，任谁还忌讳把那事实说破——一个活人只消被他们弄去，那沸腾的血很快地就会变成冰冷的凝固的块子。

邹老太太把经过说完之后，就一头栽在炕上呜呜地号起来：“我那可怜的孩子……怕是没有指望啦！”

李二嫂坐在炕沿上，陪着邹老太太哭着。

“你老人家放心，”陆雄说，“你李大婶也不用着急，我想绝对没有什么岔头的，他们不过是把他们哥俩找去详细问一问关于请愿的事情，马上就能放回来。”

这是陆雄第一次昧着良心，说着欺骗自己、欺骗别人的话。

当夜，两点钟光景，陆雄在难民区附近一块旷场上，秘密地召集全难民区居民，开了一个会。这一次的难民大会，除了邹老太太病倒了不能动弹和小孩子们都已睡了之外，所有的人全参加了。

月亮藏在云层里窥听着人们的私语。

夜空板着阴沉的脸俯瞰着大地。稀疏的星星放着步哨，映着它们侦探似的眼睛。西北风卷着夜寒，卷着雨地的湿气，无情地扑打着人群。人们虽然紧紧地挨挤着，也还是冷得发抖。有的把鼻子和嘴盖在手掌里，打着不爽快的喷嚏，有的尽可能地闭住奇痒的喉咙，压制住咳嗽，让咸味的痰在气管里咝咝地作响。

秋夜是冷清清的，像死了好久的尸身，人们更尽量地把话声放低，让这静的夜保持它应有的安静。

这一个秘密的集会并没有很长时间，而且进行得十分顺利。陆雄提出来的主张，也没有一个犹疑，没有一个反对。就这样，那"第二步办法"是决定实行了。

三十九个被拉来的苦力，扛着锄、锹、斧、钩之类的专司做破坏的用具，跟着三个个子不高、穿着西装，神气却做作得十足的日本人后面走。苦力的后边呢？有那么多"满洲国"警察和日本宪兵。苦力好像被押赴刑场的死囚，垂头丧气地夹在当中，还不知到什么地方去。

难民区近两天来，整日整夜地放着步哨，尤其是在夜里，戒备得比白天还谨严。他们知道，鬼子完全不是一个磊落民族的后代，他们做坏事，多半是在神不知鬼不觉的夜里偷偷地干的。

然而，这次却不是，当陆雄得到"来了"的消息时，已经是早晨六点钟了。

就是这时候，那列杂拌的队伍，走进了难民区。

紧接着一辆黑色的囚车也停了下来。

队伍一走进难民区，远远地便看见排在房子前边的那列难民。他们差不多每个人都背着手，连动都不动地看着队伍走进去。

警察和宪兵在难民屋前面排成半圆形的圈子，和难民的行列恰恰成了一个对垒的形势。苦力们在警察的指挥之下，携带他们的武器准备动手拆房子了。

"滚蛋！快快地，滚蛋！"三个西装日本人齐声地挥着手对着难民这样叫。

一个警察谄媚地用眼睛溜着日本人喊："来拆房子啦，你们还不走？趁早吧，两个山字架一块，痛快清出！"

陆雄端详了一下发言者的脸，他认得那就是前天去请愿走在半路上跟李二虎冲突的那个警察，而且，李二虎被捕时，动手捉人的也是他。于是，陆雄气不打一处来地叱道："用不着你管，你给我请出去吧！"

　　"王八蛋，不走，是等着让房子压死吗？"

　　"我们是等着'三天之内'的'答复'！"

　　"答复？……不用等啦，这就是答复……"之后，他回过头去严厉地对着苦力吆喝道："动手拆呀，妈的，瞅吗？站在那儿等打？"

　　等他把头再掉过来的时候，一把生了锈的菜刀随着陆雄的胳膊落在他的脑门上，他惨叫了一声，随即仰面朝天地倒了下去，他的两条腿就像被宰了的小鸡乱蹬了几下。

　　房子还没有拆一间呢，难民们的愤慨却已到了最高潮，他们随着陆雄的一刀，一齐勇敢地向前拥去，高举着棍、棒、刀斧……疯狂地喊着："杀得好，卖国贼该杀！"

　　"这样的中国人，一个不留！"

　　"痛快——杀得痛快呀！"

　　人们的血在沸腾着，心在狂跳着，更准备一次大的流血。

　　这边的西装日本人和宪兵也在骚动了，个个都在"箭上弦刀出鞘"地预备着冲锋的武器，三个西装日本人也抽出了腰下佩着的来福枪，然而他们并不冲上前去，是把身子遮在警察的身后，枪嘴冲着警察的脊背和站在那儿发呆的苦力。他们命令着："开枪……开枪……八格牙路！"

　　"房子的拆……开枪……房子的拆呀……八格牙路！"

　　难民们一边向前拥，一边也嚷着："朋友们，都是中国人，不要自个杀自个呀！"

　　警察并没有冲着难民开枪，直到那挥着武器的难民之群拥到切近的时候，他们才把枪口朝向天空放了几声空响。

看了这情形的日本宪兵，简直气得暴跳起来，他们应着西装日本人的一声号令，一齐把枪机扳动了，于是就有三四个警察一个接连一个地倒下去。

于是，难民和日本宪兵直接接触了。

那些苦力呢，有的溜到一边去，但多数却把拆房子的工具，作为打抱不平的家伙。

枪声、铁与木相击声、哭喊声、叫痛声、悲壮的叫骂声……许多声音揉成了骇人的巨响。

血飞溅着……

在这种情况之下，难民这方面失败了，他们是失败在伤亡里，却没有退却。

陆雄这汉子带着很重的伤势，继续搏斗着，然而，终于被两个宪兵推进囚车里，他的腮边有血在向外涔流，然而他是微笑着。

胡来也在左脚上中了一枪之后，做了日本宪兵的俘虏，直到把他推进了囚车，他还是高声地叫骂。

王得福的脸像蒙了一张白纸，眼珠都定了，他是第七个被日本宪兵架着膀子扔进囚车里的。

那黑色的野兽把七十个俘虏吞进去之后，车门突然关上了，并且下了拳头般大的铁锁。

陆雄嫂抱着孩子，疯狂了一样敲打着囚车的铁门，头发披散在两个肩头上，被风抖乱了。一个日本宪兵恶狠狠地揪着她的头发把她甩过去。陆雄嫂顺势一跌，便横卧在囚车的前边，身子和车轮紧紧地贴着。她是那么坦然地搂着小柱倒在那里，好像是睡在温暖的床上。

司机惊惧地看着车前卧着的两条生命，他不能开车，因为这是一条仅能容下车身的小道，没有方法躲开前面的人把车开过去。他想把卧着的人拉起来，可是他刚站起身，便被囚车门外坐着的西装日本人一拳推了一个坐坡，把他迫坐在他的原位上，那个日本人催促他："八格，得啦，开吧……快开！"

司机仍在踌躇着，他的手抚摸着方向盘，而两只脚已完全失去作用。西装日本人蓦然地站起来，扯住司机的胳膊骂道：

"什么你的不开，八格！你的心大大地坏啦！"说着狠狠地冲着司机的腰踢了一脚，司机踉跄地跌下了车。

等到司机爬起来预备去拉陆雄嫂和小柱的时候，车身已经从他身边响着短促的喇叭飞驰过去了。司机看见轮下留着的东西，突然又昏倒了。

生 与 死

　　老伯母坐下去又站起来，两腿软颤着，眼前一片黑云半天才飘过去。她长叹一声，摸摸墙再望望天花板，墙还是那么湿，湿得发凉。让臭虫的尸骸和血迹涂成的壁画却不见了。空气仿佛是澄清了些，可是，那潮湿的气息，混搅着浊重的石灰味，依然使老伯母的呼吸感到阻碍。天棚呢？天棚还是那么低，低得一伸手就摸到棚顶，低得透不过气来，任凭墙壁刷得怎样白，也照不亮这阴森的地狱呀！

　　"改造，改造，改造了什么呢？天杀的！"老伯母咬紧了干皱的嘴唇，狠狠地骂着。她的两只干姜般的手捏绞在一起，像是在祈祷："唉，让魔鬼吃掉这群假仁假义的狼吧！"

　　因为生气，老伯母又咳嗽起来，她把头顶和手掌紧紧抵住墙，咳嗽迫使她不能深深地透一口气。刺痒紧迫着喉管，最后她竟大口地呕起痰来，呕得胸腔刀刮似的难熬，她时时担心把肠子呕出来，呕过之后呼吸就更加急促了。

　　"老伯母，开饭啦！"一个生了锈的洋铁罐伸了进来，夫役陈清的脸也出现在风眼口上。

　　老伯母掉转了头，她那涕泗横流的面孔，使陈清的脸孔马上忧郁起来，他怜惜而柔和地问："哭了吗？"

　　"哭？"老伯母像是吃了一惊，"哭什么？陈清，我为什么要哭呢？"

　　"唉！这样大的年纪了，还要坐牢，受刑，想想还不伤心吗？"

"你想错了，陈清，一根老骨头，换了八条命，还不值吗？坐牢，受刑，哼，就死也甘心啦！"老伯母一想到这，她的心便欢快得像开了天窗。

陈清想要说："岂止你一根老骨头呢！安巡官，今天早晨也死在东洋鬼子的毒刑之下了，尸首破破烂烂的！"

但，他把这溜到舌尖的话又咽了回去。为的是怕老伯母伤心，实际呢，他这又是想错了。

"吃饭吧，老伯母。"陈清把那洋铁罐又颠了一颠。

老伯母不去接，连看也不看一眼。她说："我不吃，陈清，你替我泼了吧……连狗都不稀吃呀！"

"不是，老伯母，这是我们吃的二米饭，我还给你买了一角钱的酱肉呢。"

老伯母感激得真要流出眼泪了："咳，你真是好心肠，可惜，我正饱得肚子发胀呢！"

她抚摸着那膨胀的肚皮，宛如吃了多量的面食那样饱闷着。虽然是继续不断地吐泻了一日一夜，而前天过堂时被灌下的半桶凉水，还在肚里冰凉地充塞着，她又怎会感到饿呢？

陈清的嘴劝不空老伯母的肚皮，终于提着洋铁罐失望地走了。

隔一会儿，看守孙七嫂投进来一包蛋糕，说是第四监号的女犯凑钱央她买来的。这盛情她不忍拒绝，于是，她含着眼泪收下了。

是春满江南的时候。可是这三月的塞北，却还在冰雪与严寒的威胁之下辗转着，嗅不到一点春的气息。北国里好像没有春，有，又是多么短暂哟，像天空的流星般只是一瞬便消逝了。这阴暗森寒的地狱啊，更是永远享受不到春光的温柔抚爱了。

老伯母蜷伏在士敏土的地上，虽是铺着三号送来的棉褥，然而那由地上透过来的冷气，还在使她的身子不自禁地起着痉挛。她掩了掩身上的被子，她的心是多么不安哪！被子也是穷得一无所有的女犯送来的呢。她们是这样卫护着自己已经没有希望的老命，她们呢？她们不会冻病吗？

她一向是委屈着自己卫护着别人的，只要别人不受痛苦，她便心安了。现在，要别人来体贴她，她的心反倒不安起来，这不安掀起了回忆的网，老伯母的心，好似一架摇起的秋千，一刻儿飞到东，一刻儿又飞到西，一条思索的蔓藤蜿蜒着脑子不停地爬着。她想得太疲倦了，才闭起了眼睛。

"我死在东洋鬼子的机关枪下，是光荣也是耻辱，妈妈！你要报仇！"是儿子擎着一个破碎的头颅，站在门边这样喊。

"妈……我……我没有脸……再活下……下去啦……"是媳妇凄切而无力的哭声。

老伯母在蒙胧中一下被惊醒过来，她张开眼睛四下望了望，除了一片漆黑，什么也看不见，她轻轻叹了一口气，默祷着："我可怜的孩子们哪，别再来魔缠妈妈了，妈妈就要来同你们一道的！"

"老伯母"这亲切的呼声，一年多了，安老太太听得比她的儿子呼"妈妈"仿佛更熟稔，更亲热些。从她走进这监房不久，女犯们便不约而同地赠给了她这么一个尊敬的称呼。日子久了，竟成了她的绰号，女犯们这样称呼她，看守夫役也这样称呼她，后来，就连警察也"老伯母、老伯母"地在向她呼唤了。这是多么悦耳感人的呼唤啊！在这地狱般的监牢里，她获得了人间的温情；同时，那人生最痛苦最残酷的场面，也被她看到领略到了。老伯母为那亲切的呼声感动了，老伯母也为东洋鬼子的残暴激怒了。

然而，最初老伯母不是为了犯罪而被关进这地狱来的囚徒，她是为了生活，也是为了寂寞，由她的小叔安巡官介绍到女监来看管囚犯的，虽然她和犯人只隔着一道门，而她却还有着自由与权威。

是的，在犯人之中，她是有着无上权威的，她可以随便地咒骂犯人，她可以随便地鞭打犯人，犯人要向她低头，要向她纳贡。然而，仁慈的老伯母却一次都没有这样做过，她只是看着别人在行使这无上的权威罢了。

一九三一年是一个大动乱的时代，那大动乱卷逃了老伯母的独生子，起初，她真不明白知书达理的儿子怎么会发了疯，竟抛下了老母、爱妻，更抛掉了职业而逃到"胡子队"里去。她为这愤恨，她为这痛苦，她为这不体面的事件愁白了头发。

就在儿子逃走不久，她把怀着两个月身孕的儿媳送到了顾乡屯的娘家，自己便到这个拘留所里来当了看守。

最初两个月，老伯母看管着一个普通监房，那里面有匿藏贼赃的窝主，有抽大烟的老太婆，有不起牌照的私娼……虽然她们之中没有谁受过很重的毒刑，可是，她们的食宿，她们的疾病和失掉自由的痛苦，老伯母已经觉得够凄惨了！她是以一颗天真的慈爱的心和所有的力量，来帮助他们，爱护她们的。

一个凄厉的冬天。

东洋鬼占领了哈尔滨，这个规模不算太小的拘留所，就隶属在刑事科之下，他们认为老伯母可靠，便又把老伯母调到特别监房做看守。

"你要特别当心，这里全是重要犯啊，倘有一差二错，不要说你的责任重大，就是我，我也脱不了关系哩！"

当老伯母被调的那天，安巡官这样严厉地对她下了一个警告。接着，安巡官又补充着说："要紧的是，不要让两个监号的犯人有谈话的机会，串了供，事情就不好办啦！你应该严厉地监视着，做得有成绩会有好处给你，不好，哼，你要知道东洋人可不是好惹的！"

老伯母没有说什么，她怀着一颗好奇的心，来和这些所谓"重要犯"接触。可是她无论如何也想不通，难道这样文质彬彬的女孩子们会去杀人放火做强盗吗？她问送饭的陈清，陈清告诉她："她们是政治犯。"

"正事犯？"

这样一解释，老伯母更加糊涂了，等老伯母再问的时候，陈清也摇头了。

松花江的水早已结成了坚固的冰，泼辣的老北风无情地吼着，连地心也冻结了。可是老伯母看管的那三个监号的女犯，竟还在穿着夹衣，她们整天坐在士敏土的光地上，拥在一起不住地发抖。老伯母看着她们冻得青紫的脸，奇怪地问道："为什么不让你们家送棉衣给你们呢？"

"他们不许送啊！并且我们家也许还不知道我们的下落哩！"

得来的答复，竟是这样的奇突。老伯母真是不解。

"怎么？连衣服都不许送？"

"你知道，我们要求了多少次都不答应。"

老伯母气得几乎暴跳起来，她立刻去找她的小叔："滴水成冰了，我那边的八个女犯还没有穿棉衣，我想告诉她们家人送来吧！"

安巡官瞪起圆眼珠子，把桌子一拍，吼道："多事，刚把你调过来两天半，你就要多事，用不着你发什么慈悲，东洋人说啦，不许送！"

"这是怎么说的呢？难道让她们活活冻死不成？"

"冻死是她们自找……去去，赶快回去！"

老伯母知道即使磨破了嘴唇，也不会说软小叔的毒辣的心肠，于是她忍住激愤按着狂跳的胸脯，退了出来。

紧接着女犯们一个一个病倒了。那整日整夜痛苦的呻吟与呓语，使老伯母坐立不安，于是她去找她的小叔："统统冻倒了，棉衣，医生，都是她们需要的呀！"

然而，结果仍是和第一次相同，她被痛斥出来。

老伯母来这监房还不到十天，已经为了女犯的痛苦而憔悴了，她那皱纹纵横的老脸上，再也找不到一丝笑容，她的心淤塞地透不过气来。

安巡官的残忍，反而掀起了老伯母的义愤，她是在不顾一切地牺牲着自己，经常是偷偷摸摸地为女犯传递家信搬运衣服，甚至下饭的菜和治病的药、铅笔纸张……这一切必需的东西，都被她巧妙地带进监房。

女犯中有两个家在外县的，还有一个没有家的，老伯母默默地想："被子是可以两个甚至三个人盖一床的，衣服是不行的呀！"

她焦急了四五天，一直到月底薪水发下来，她才欢快地揣着钱跑到旧货店买了三套棉衣，一套一套地分作三次穿进监房，移到女犯的身上。

现在，八个年轻的女犯个个笑逐颜开了，她们获到了温暖，获得了抚爱，更获得了些许的自由，都是她们被难以来所未曾享受到的，也是她们所不敢梦想的呀！

然而现在她们什么都享受到了。当深夜的时候，只要她们说一声："老伯母，我要到第×号去玩一玩，可以吗？"

"行，不过你要机警一点啊！说话也要小点声啊！"她一边嘱咐着，一边打开了铁门。

女犯们都蒙受到了意外的安慰，老伯母也欢快了。虽然她为她们筹思着，奔跑着，并且提心吊胆，然而，当她把身子放在床上时，那疲倦是带着一种轻松滋味的，她每每是含着神秘的微笑舒服地睡去。

"老伯母！"

"老伯母！"

这呼唤，不断地在她耳边响着，她也就不停地奔跑着。她不怕麻烦，也没有什么畏惧，虽然安巡官的警告不时地涌向脑际，可是安巡官那副残忍的脸孔，一想起，她就恨得咬牙切齿！

"狼心狗肺！拿鬼子当亲祖宗，早晚还不给鬼子吃啦！"

同时，老伯母觉得她这违反安巡官警告的举动，也正是对他的报复呢。

你看老伯母是多么高兴啊！又是多么天真哪！她运用那不大灵活的腿，一滑一滑地踏着雪地吃力地走着，分张开两只胳膊，像要飞起来似的，那样子，完全像一个刚会走路的小孩。她花白的发丝飘舞在太阳光下，一闪一闪地相映着地下的白雪。她流着鼻涕，流着泪，迎着腊月里凛冽的风，带着一颗凯旋似的心和一封信，走向女犯的家；隔一会儿，她又带着信带着食物或衣服踏着雪地按着原路走回来。一路上，她总是筹划着怎样把这些东西带进监房不被检查出来，有时，因为想得入神而走错了路。

然而，老伯母她得到什么酬报呢？没有哇！她是什么酬报都不需要的，当犯人的家属诚意地把钱向她衣袋里塞的时候，她是怎样拼命地拒绝着，到无可奈何时，她甚至都流出眼泪来，"你想，我是为了钱吗？你简直是骂我呀！……你看，我的头发全白喽！"

老伯母指着心，指着头发，那种坦白、诚挚的表示，使对方感动得也流泪了，"老太太，你老人家提心吊胆地在冰天雪地里奔跑，我们怎能忍心呢？"

"这样，我的良心才好过呀！"

她一边说着，一边急急地抢出门来，像怕谁捉她回去似的，一直到走在街上，她才如释重负似的喘过一口气。真的，那诚意的酬劳，反会使老伯母难堪的。

当她把东西交给女犯时，她嗔怒着说："你把我的心地向你的父母表白一下吧！"

女犯流着泪读着家信，也流着泪感激老伯母赐予的恩惠，有时，竟扶着老伯母的肩头呜咽起来："老伯母！我将怎样报答你呢？……"

老伯母抚摸着女犯的乱发，抖颤着嘴唇说："我的孩子……我的孩子……只要你们不受委屈，我怎样都行啊！"

然而，她们真的不受委屈吗？老伯母的欢快仅仅维持了两个月，这以后，情形便突然变了。东洋鬼子开始伸张开他凶利的爪在向他的俘虏猛扑了。老伯母的心又跌入山涧里去。

痛苦的、压抑着的呻吟，又复布满了监房，那空气是可怕而凄厉。老伯母感到她仿佛置身在屠场中，屠户的尖刀在无情地割着那些无援的生命，她眼见着这样惨目的景象，她的灵魂也在一刀一刀地被割着了！她能逃避开这恐怖的地界，然而她又怎忍抛掉这些无援的生命呢？

老伯母现在是由看守一变而为看护了。夜里她把耳朵附在门缝上，听听外面没有一点声息了的时候，她便开始在监内活动起来。她手捧着一大匣"爱肤膏"为那遍体鳞伤的女犯，敷擦着伤处，口里不住地慰问着，而且咒着："狼心的鬼呀，和你们有多大的冤仇，竟下这样的毒手！"

为了老伯母无微不至的爱护，女犯们的伤痕很快地便好起来，可是，旧的伤痕刚刚平复下去，新的伤痕紧接着就来了。老伯母宛如一个受过弹伤的麻雀，整天地在恐惧与不安中。她最怕那两个提人的警士，他们一踏进门，老伯母那颗仁慈的心便被拉到喉头，直到过堂的犯人回来，她的心才落回胸腔里，可是，马上又会给另一种痛苦占据了。

老伯母对东洋人的仇恨，一天天地堆积起来。

起初，女犯们问到她有没有儿女时，为了怕她们讪笑，她总是吞噬着泪水，摇着脑袋说："没有啊，我什么也没有哇！"

如今，她一方面看见了东洋人无耻的凶残，一方面受着女犯们的启示，环境的熏陶，把老伯母的观念转移了：她觉得她有那样一个儿子，不但不是耻辱，反而正是她的光荣呢！她愉快而骄傲地问着女犯："我的儿子那样做，是应该的呀，不是吗？"

老伯母接到儿媳病重的消息，便立刻赶回顾乡屯，等二十天之后，她再回到这座监牢的时候，女犯们已经受够替班看守的虐待了！老伯母呢？她也曾大病过一次呢。她的脸完全没有血色，两只温和的眼睛，变得那样迟钝而呆滞，皱纹更深更多了，两腮深陷，颧骨就更显得凸出，唯有那高大的鼻子，还是那样笔直而圆润，女犯们惊问着："老伯母，怎样，你的儿媳病没有好吗？"

"孩子生了吗？"

"完了，完了，什么全完了！

老伯母两手一张，颓然地坐在监号门外的小凳上，脸上没有一点表情，眼珠都不动一动。女犯们再问，她自语似的说："我的儿子……是应该的呀！"

"有什么事情发生了吗？"女犯怀疑地问着。

然而，老伯母什么也不再说，只是哆嗦着嘴唇，频频地摇着脑袋。苍白的发丝随着脑袋左右飘动着。

夜里，老伯母才抹着老泪告诉她们，她的儿媳死了。然而她并不是病死，而是受了东洋兵的奸污而服毒自杀的。当老伯母赶到那里时，手足已经冷了，她握着老伯母的手，只迸出了一句："妈……你报……报仇！"就断了气。

老伯母的喉咙让悲哀塞住了，她用了很大的气力才说出来："她断气之后，那孩子还在肚里翻转一阵呢！"

老伯母瞪大着泪眼，握紧拳头，接着说："我的儿子……也在珠河阵亡了，就在他媳妇死后第三天……我得到的信！"老伯母抑制着的呜咽在震颤着每个人的心弦，人人都为老伯母的遭遇流了泪。

凄惨与悲愤弥漫了监房，女犯们的呼吸紧迫，眼睛放着痛恨的光，这座不见太阳的黑暗囚牢，真的变成人们幻想中的阴森恐怖的地狱了。

春天去了，春天又来了，老伯母苍白的发丝雪样地白了。

一天，安巡官把她叫去，看着老伯母憔枯的面孔和深锁着的眉头，安巡官淡淡地问道："怎么，你还在想你那忤逆的儿子吗？"

"不，一点也不，那忤逆，那强盗，他该死，他该死呀！"老伯母干脆地说，故意做出发恨的样子，好使安巡官不怀疑她。

接着，安巡官告诉她，为了要改造监房，明天暂把女犯调到南岗署拘留所去，大约六七天之后再调回来。

老伯母听了安巡官的话，像遇赦的囚犯一样高兴了。她把这消息告诉女犯。最后她说："啊！机会到底来了！"

然而，女犯一点也不明白这话的用意。

夜，撒下了黑色的巨网，一切都被罩在里面。监房里已经悄静无声，夜是深了，女犯都已熟睡，只有老伯母还在甬道里来回地慢踱着，她不时地俯着门缝向外探视，一个念头总在她的脑里翻上翻下："只要逃过今天，那就好了！"

今天，又是第五夜了。半年来，老伯母总是惧怕着这个恐怖屠杀的夜。半年来，这恐怖的夜经过无数次了，每逢到"第五夜"的时候，老伯母便不安起来，她怀着一颗极端恐惧、极端忧愤的心，尖起耳朵倾听着外面，由远处飘来的沉哑的呼呼声，会使她的全身肌肉打起无法控制的痉挛。有时，夜风从门边掠过，老伯母也常常被骗而起虚惊。

钟，敲过了三下，老伯母自语着："是时候了！"于是她急急地把耳朵紧贴着门缝，屏息着，那最熟悉的车轮声，终于由远而近了，终于停止了。老伯母把贴在门缝的耳朵收回来，换上去一只昏花的眼睛。空旷寂寞的院心，立着一个昏黄的柱灯，她拉长了视线望着目力可达的铁门。铁门缓缓地开了，走进了四个鬼祟的黑影，他们的脚步是那样轻，宛如踏在棉花上，没有一点回声。

四个鬼祟的黑影消失在尽东边的男监了，一刻又从那里出现。这次，却不是那样静悄了，人也加多了五六倍。虽然老伯母半聋的耳朵听不清他们的声音，可是看着那拥拥挤挤蠕动的黑影，她知道他们是在反抗、在挣扎，然而，又怎能挣脱魔鬼的巨掌呢？

黑色的影群被关在了铁门之外，呼呼的沉哑的轮声由近而远，而消逝了。

老伯母为这群载赴屠场之蓬勃的生命，几乎哭出声来了。陈清的话，又在她的脑际膨胀起来："老伯母，看着吧！她们迟早是要遭毒手的！"

"为什么呢？"

"她们是政治犯哪！东洋鬼最恨的就是她们这样的人，别说她们这样重犯，你知道，近来死了多少嫌疑犯哪！她们，依我看也是逃不了的，要不，为什么老不过法院？"

想到这，老伯母突然打了一个冷战，她连忙走到风眼口遍视了一周，三个监号的女犯统统平安地睡着，她才放了心。

南岗署拘留所只有两个房间，前边临街的一间是普通犯，里面的这间便做了那八个政治女犯的临时监房，另外隔出了一个狭狭的甬道，老伯母便日夜地守在那里。

晚上，八点钟一过，办公室的人们便走光了，只有一个荷枪的东洋警察守在拘留所的门口，这个东洋警察也是女犯调来之后加派的，他是接替着"满洲"警察的职务。

东洋警察是多么难于摆布的家伙呀！老伯母为了他万分不安着，她怕他毁灭了这千载难逢的良机。今夜——一九三二年三月一日之夜——只有今夜，过了今夜，什么全不中用了！再过两天，她们又将被牵回那禁卫森严的地狱里去了！

计策终于被老伯母想出来了，那计策是太冒险了一点。

女犯们苍白的脸上，全涂了一层脂粉，蓬乱的发丝现在是光滑而放着香气，更有的梳起圆圆的发髻，一切都预备好了，只等着歌舞升平的队伍一到，老伯母便要实现她的计策了。

夜之魔吞蚀了白昼的生命，天然的光明，让虚伪的灯光替代了。老伯母的心像被装在一个五味俱全的布袋里，悲愤、欢欣、恐惧，更有那绵绵不尽的离情。她倚着门站在那里耸着耳朵，腿好像要软瘫下去，她把右手插在衣襟里面，因为过度的抖颤，手里那个完好的电灯泡几乎滑落下来。

远处响起了高亢而错杂的歌声，不整齐的脚步声，渐渐逼近，老伯母听去，至多离这拘留所也不过五十步了，于是她把右手从衣襟里抽出来，运足了手力，咬紧嘴唇，把手里的电灯泡猛地向墙上一掼。接着，一个脆快的响声震撼了全室，更荡出屋外。老伯母疯狂般地向门外跑去，摇动着正在发怔的东洋警察的臂，惊骇得几乎说不出话来："枪……枪……快快地……后边……那边的去！"老伯母用手指着拘留所的房后，东洋警察慌张地跑去了，口里吹起警笛。

老伯母踉踉跄跄地跑回监房，她打开了门，喘吁吁地说道："孩子们……逃吧……那边有提灯的……人群接你们来了！"

女犯们洒着感激的泪水，争握着老伯母的手："老伯母，你也逃吧！"

"我等一等……你们快逃吧……我可怜的孩子们……快吧……"

当提灯大会的人群经过拘留所的门前时，八个被禁锢了一年多无望的生命，杂在人群中走了。

半夜，东洋人来查监，发现老伯母昏倒在甬道里。她是服了红矾，中了毒，可是被他们救活了。

可是，五天之后的夜里，老伯母伴着二十几名不相识的男犯，由刑事科拘留所的特别监房，被拖上为她往日所恐惧的黑车。那部车，神秘而神速地驶向郊外去了……

一九三六年　上海

一个奇怪的吻

　　经过一天一夜的火车颠簸，李华比平常更显得憔悴了：颜色灰苍苍的，眼窝下陷，眼圈发乌而干燥，浑身疲乏。这一切，正像私生活放荡的人，但她已经两月之久，没和她的丈夫接近了。

　　然而，她却也常常和她的丈夫见面、谈话，只是没有他们自己的自由，他们的行动永远被人监视着，即使是谈话，也全是被动的，机械的。比如："供出你的余党我们可以减轻你们的罪名。"

　　"没有余党！"她的丈夫说。

　　"没有余党！"李华也随着她的丈夫坚决地不承认。于是对方震怒了，用非刑拷打着他俩，终于，又是不得结果，把他俩推到不相通连的两间黑屋子里去。隔一两天之后，再照样拷问一次……就这样一直继续到两月之久，刑伤从他俩的肉体上堆积起来。在这种痛苦无量的煎熬中，他俩都希望着快死。死是多么可怕的事情啊！可是，他俩的想象和别人都不相同。为什么呢？大概是他俩知道自己的命运已经走进绝路的缘故吧。

　　是的，现在他俩的命运，眼前一刻比一刻接近断头台了。按全程计算，已经超过三分之二的路程，其余的三分之一，还需要七个多钟头，火车到吉林省城时，据说就是大天亮了。

　　火车像上了发条的玩具似的，不停地向前奔跑着，穿过草原，穿过森林，又穿过了山和水。夏夜里的野风，含着一种湿淋淋的凉意，不断地从车厢的通风口上跌下来，常常像有一块沉重的石头，压在李华的胸脯上。这种折磨，使她不能安睡一会儿，她时常半张开眼睛，无意识地望一望。一副手铐仍旧锁住他俩的手腕。她的丈夫姚行谦，把背和后脑抵靠着车厢板，紧紧地闭起眼睛假寐着。此外，两个押解他们的小兵，坐在对面的座位上：一个光头顶的二等兵，勉强睁着眼睛，在尽自己的职责。较老的一个，连连地打着盹，有的时候，他的脑袋就像大铅球一样，把身子下坠得几乎从座位上掀下去了。大量的口水从左嘴角里淌出来，全都摊聚在他凸起的胸脯上，渐渐地向军装的小兜里流……

在李华的侧面，车门那一边，中尉自己占了一个座位，蜗蜷着身子酣睡着，雷样的鼾声，简直把自己多脂肪的肉体，都震得颤抖了。

火车的速度越快，车身越像摇篮似的簸荡起来，车轮也就像一个忠实的保姆，翻来覆去地总是唱着那一套催眠曲，旅客们的神经在这两者之间失去了知觉。除了中尉雷样的鼾声之外，车厢里是异常寂静的。

夜的大地也在寂静着。

唯有李华的心绪，简直扰乱得不可名状。她明明知道胡思乱想是没有用处的；可是无论她使出多么大的忍耐，也不能把她那乱麻般的心绪，重新整理得有条不紊。

她不耐烦地啃着没有束缚的左手食指的指甲，牙齿发出很难听的声音。想不到，这又引起了光头顶二等兵的不耐烦。

"喂，心忙吗?"

"嗯。"李华搭讪地用鼻子哼了一声。

"对了，人到临终的时候，都是这样的……"

光头顶二等兵缓和的、冷酷的话，含着一种介于讥笑和预言之间的意味，李华虽然感到刺耳，甚至用那流血的惨剧来威吓她，但，不久这些也就云消雾散了。

现在她的心略微整理出一点头绪，老兵靠着车厢壁板睡着了。这时候光头顶二等兵也像老兵方才那样打起盹来。

李华的眼睛转向窗外，窗外黑色的天空上闪动着繁密的星火，因为列车爬上一段山路，速度减低了。机车头正像匹拉上坡的辕马，吃力地喘着气，砂粒一般的煤屑，不断地从烟筒里向外乱喷，有时夹带着小火块从车窗上扫过去，玻璃叽叽地呻吟着。

这一段山路，李华非常熟悉，火车以这样慢的速率总要经过四五十分钟，才能达到平坦的线路。山上，山下，有茂密的森林，有一条入镜泊湖的小河名叫石头河，她的外祖父就在河西住。大约在十二年前，她住在外祖父家的时候，有一次，她未得外祖父的许可，自己跑到石头河里去捉鱼，一不小心落进深沟里去，就被激流冲走了，冲出了一里多地，后来，渔船的老头儿把她救了上来，她差不多已经人事不省了。从那以后，就不敢让她再住下去了。当她父亲从城里来的时候，外祖父向她父亲说："快把这野丫头带回去吧，她就是爱水，自个儿偷偷摸摸地老往河沿跑……这野丫头，我怎能看得住她呢？"

于是，父亲大骂她一顿就把她带走了，她真恨那多嘴多舌的老头子。那时她才十岁。

十二年以后的李华，做了更野的事情，老头子却不得而知了。原来她的外祖父在洋鬼子夺东三省的前一年就死了，即使老头子能够活到现在，他万万不会想到"就是爱水的野丫头"敢跟洋人找别扭呢！

十二年以后的李华，失去野的自由了。因为现在火车经过她的故乡，不由得引起了童年时代的回忆，她的眼前仿佛有无数的美丽的蝴蝶盘绕着，活泼的小鱼游着……她贪恋这些，同时她也嫉妒这些。她心想："到此，我的人生终结了。"

"不！"好像有许多人众口同音地驳斥着她，这个狂热的声音，把李华从消沉、绝望的状态中唤醒，立刻她像受了什么感应似的看看光头二等兵，看看老兵，再看看胖中尉，随后又看看丈夫姚行谦，他们都睡着了。"呵，机会呀！"心在叫，而后它就跳荡起来，而且周身也感到轻微的抖。这种兴奋她实在压制不住了，于是，她用手铐牵制着姚行谦的手。他受惊地睁大了眼睛，晦涩的眼光向李华说出不少疑问。

然而，李华并没有用言语给他解答，她仅把眼睛向窗一溜，同时嘴也向同一方向一撇。姚行谦虽然知道这一个秘密的把戏，可惜他却不明白是什么意思，所以，他又用比较清朗的眼光向李华说出第二次疑问。

这次李华的嘴凑近姚行谦的耳边，机警地，小声说了一个字："逃。"

"……"姚行谦张开嘴要说话，马上又闭拢起来，摇一摇头。

"等着死吗？"

"这不等于自杀吗？"

"万一……"

"别做梦啦。"

"不，一定得逃，失了这机会，还有第二次吗？你想。"

他低下头去，心里在合计着李华的话。真的，失去了这机会，还有第二次吗？可是，这一个机会，有什么把握呢？还不等于自杀吗？他平生没有做过一件莽撞的事情，无论事情大小，非经考虑，他绝不轻率动手的。正是因为处事审慎，才适于在公开的场所，干着抗敌的秘密工作。三年之久，他没有露出分毫的破绽。他的功绩是超人的，卓著的。这一次被捕是由于叛徒的牵咬，实在出乎他的意料！现在，他和他的妻子，双双地走上死的征途了。当然，谁都爱惜着自己的生命，谁都留恋着自己的生命，这一点，他并不异于常人，而异于常人的，是在他将死的时候，更加倍地爱惜着，留恋着，留恋着另外一件东西。什么呢？那就是他的工作——事业。

人总是有同样的心理。

一个人，无论为金钱，为女色，或为其他欲求而死的时候，当他临死之前，假如有充裕的反想，他一定不留余情地诅骂、毁谤、痛悔他所追求的目的。

——呀，是你害了我，你这个……

假如他不是自杀，依法律或是因其他的迫害而致死的前刻，他会虔诚地对他所追求的目的物表示忏悔或饶恕，他会悲楚，他会流泪……

然而，这一切心理的通性，这一切死时的反应，却不是姚行谦所有的。可是，有谁知道，他在赞美着、讴歌着他的事业呢？

自从上车他就一直闭着眼睛坐在那里不动。偶尔为了忍不住刑伤的痛楚，他的眉头之间常常是折起很深的皱纹，但这痛楚，一点也不能扰乱他的心思，他的心思完全沉在那死的胜利里了。

临刑时，他准备以种种的嘲笑、辱骂和教训，献给那些汉奸和敌人。他设想着古代的英雄、烈士们慷慨就义时的情景，而他也要模拟那样，并且要表现得更英雄一点，好使刽子手战栗。

可是，这所有接近事实的幻想，被李华挑破了。他很快地考虑着妻的提示，结果他认为这样冒险是值得的。

就这样，他们的冒险开始了。

真是侥幸，他们居然能够推开车门，渡过了第一步难关。于是第二步难关，不容他们延迟地要从车梯上跳下去的。呵，基道旁的树枝那么快的，从他们眼前扫过去，他们脚下有隆隆的车轮，有万不可测的荒山，山林中有野狼伏在那里……这么多致死的机会都在张着狰狞的大口等待吞蚀他们呢！假如他们背后不是有魔鬼的巨手要攫取他们的时候，他们的勇气就一定被它们征服了！

"跳哇！"

李华压制着尖锐的嗓子喊了一声之后，他们俩就像一对为爱情坠山自杀的情人似的，手牵着手——其实是手铐牵着他们的手呢——猛然地，用力地向下跳去。当他们的脚刚一着地就跌倒了，而且接着就向下翻滚起来，在不知所止的翻滚中，有一种模糊的愉快，在李华的心里飘浮着。愉快的情况，很难使她说明，因为在她愉快的当时，她已经感觉到胳膊和大腿受了重创。再过一些时候，她的知觉同她的鞋子一样，完全失掉了。

姚行谦呢，他的知觉还清醒着，他能够分辨得出火车去远了，能够分辨得出这山的陡度渐渐小了，但他却分辨不出什么地方在痛，以及李华在什么时候失了知觉。

在陡度较小的山坡处，他俩被一棵树干挡住了。姚行谦一边蠕动着企图要站起来，一边轻轻地叫着："华，华，李华！"

没有回声，于是他慌张了，他赶忙把手按在李华的鼻孔上，好久，好久，"啊！"他突然惊骇地喊了一声，他立刻软瘫得像一块泥，灵魂也突然飞走了。他的手仍旧放在原处，绝望地悲哀地纵声大哭起来，同时像发狂似的叫着："李华！华……李华呀！……"

完全绝望了，只有他的回音，如同在山下有个同情他的人在替他呼唤。但，不知怎的，这回音使他害怕起来。于是他停止了喊叫和哭声。可是，并不因此而减轻他的恐怖，风吼、树叶响、溪水潺潺声……这种种自然界的动态，都使他感到如入魔境那样阴森，他与人世隔绝起来，陷在魔窟里，孤独无援了！

这时候，他已经听不见火车的声音了，他很担心这个，是去远了，还是发觉了他们偷逃而中途停止了呢？他相信后者的猜想有较多的可能性，因此，这忧虑将他的恐怖侵占了大半。同时，也感觉到腰部、膝部都隐隐作痛。

他要在左近找一块石头，但眼前黑洞洞的什么也不能看见，只好用手到处乱摸……末了，在身后摸着有碗口那么大一块石头，多么平凡，又是多么贱的东西呀！不过这在姚行谦看来，比同样大一块金子还贵重得多哩！

他如获至宝似的拿在手里，然后他把手铐的下部垫在山坡的较硬的地方，就开始用那块石头用力敲着两环连接的部位，大约敲了二十几下，两环就分离了。

他意外地高兴起来。现在他和平常人一样有动转的自由了。他拾起两环，把它藏在附近的草丛里。他回到李华的身旁时，一种病态的鼻息声骇动了他，他立刻蹲下去，两手轻摇着她的肩膀。

"华，我在这里，华，你说话……"

他的心一阵发酸，什么话也说不出口了。他哭了，非常的哀痛。

李华如同做了一场噩梦，苏醒之后，她仍然觉得噩梦正在继续进行着。当她听到姚行谦的哭诉，同时她也感到胳膊和大腿仿佛扭断一样的痛起来，由于这刺激，她才完全清醒了，她呻吟着，她说："我被执刑过了吗？……我为什么还活着呢？"

"我们已重得自由了！"他兴奋地重复了一句，"华，我们已重得自由了！"

"真的？"

"怎么，你的脑筋坏了吗？呵，是的，你什么地方受伤啦？"

"哦，"她勉强地摇着头，呻吟地说，"告诉我现在，……现在我们在什么地方，没有危险吗？"

"滚下来你就昏过去啦……"

"那么，还在原处吗？"李华焦虑地问。

"是的，你觉得手上少了什么东西？"他很得意地问。

她明知他说的是手铐，于是她要举起那只胳膊，证实一下，可是不行，她不由得叫了出来："断啦！"

"什么？"

"我的胳膊！还有，大概腿……"

"天哪！"他绝望地叫了，"这怎么好呢？"

"你去！"她坚决地说，"你自己快逃吧，这里绝不安全。"

"你说的什么话呢！"他伏在她的胸脯上呜咽起来，而且反复地说着，"你说的什么话呢？……你让我把你丢给狼吗？怎么能够呢？……你等于骂我，毁我，我不能。"

"哦，谦，你的理智呢？……你再把你自己发的誓言重复一遍，你是为什么才活着的……我知道你爱我甚于你自己，但是……现在……我不行啦！你，你是健全的生命，在我身外还有三千多万受难的朋友敬爱你，需要你，等待你，你去！"她把受伤的左腿，移动一下，就痛昏了半天。

姚行谦又呼唤着她的名字。

"你为什么不听我的话呢？"她忍住痛苦嘶哑地说，"诚实的人！你要背叛你的誓言吗？……你滚开！我们完全不相干！"她完全愤怒了！

"不能！"他否认，随后强制地把她抱起来，"假使你仅只是我的妻子的话……那我就遵从你的意见了，可是……"

"放下我！"她挣扎着。她感动了，流着泪。

"不！"他倔强地向山下走去。

"若不，这样好了，你先到我舅父家里去送个信，然后让他们派人来接我！"

"不！"

他也愤怒了。他支撑着负创伤的肢体，开始和黑暗的、恐怖而难行的山林对抗起来。风声配合着他的喘息声……

因为迷失了路，天已蒙蒙亮的时候，他们才走到石头河边。

田野上，在一丈以内可以分出植物的种类了，鸣翼虫和报晓的鸡合奏着黎明的进行曲。在远处有农夫吆喝牲畜的唷哟……唷哟声，声音是峻急而强烈的，正像流弹的尾声，在空中划走着。

他们原想在天亮之前，就可以渡过石头河。按现在的情形，是绝对不可能了。并且姚行谦也疲倦得四肢无力，随时要跌倒的样子，于是，他们不得不临时把计划改变一下了。

"先进高粱地里去，"李华说，"到那里再说吧。"

"到那里怎么办呢？"姚行谦犹疑地问。

"无论怎样办也得这样，你犹豫什么呢？这里危险！"

姚行谦无可奈何地向高粱地那面走去，走到很深的地方，他顺着垄沟把李华放下了。他也坐在对面的垄台上，然后他们用很低很低的声音谈着变更后的计划。

李华先问："你还记得我舅舅家吗？"

"记得。"

"这就好了。歇一会儿，把脸上的血印擦擦，就过河吧，你先到那……"

"那么你呢？"姚行谦抢问着。

"你听我说呀，半夜时，叫舅舅来接我，把这地方告诉明白他就行。"

"不行！不行！我绝对不能把你丢开！"他突然叫起来。

"疯了？你喊什么呢？"然后她以严厉变为委婉地说，"这不是顶好的办法吗？"

"顶好？这和你在山上说的办法有什么区别？你让我把你抛给狼吗？我不能！"

"假如现在我死了呢？"

"又当别论了，但是你活着……"

"但是……"

她把涌到嘴唇的话又吞下去了。这时候一架银色飞机从高粱地的低空上飞过去，李华看见两翼上有两个红色的太阳。

"这是一架侦察机呀！"

可是当姚行谦抬头看时，那一架飞机已经不见了，只有嗡嗡的余音，从栉密的高粱穗的隙处落下来。他说："很低呢！"

"是的。"

"你说这是不是找我们？"

"我想是，不久，一定还有人来搜的，你不能再犹豫一刻了，你快走！"

"假如在这期间，你发生了变故怎么办？"他的心略动了一些。

"不会的，不会的！你快走，你千万不要再回来啦。"

姚行谦虽然没有说他一定回来，但意识中却是这样想着的。他下了最大的决心以后，他决定要去了，他是那么艰难地迈出了他的第一步，但是李华又叫他站下。

"做什么?"姚行谦问。

"让我吻你一下吧!"

他顺从地把嘴送到她的唇边,一种莫名其妙的悲哀触动了他,鼻管发酸,两只眼角有热的东西向外冲撞。至于李华那热烈的、绵长的吻,他竟体味不出来是甜是苦或是酸……他仿佛在极度苦闷中,吃了多量的酒精一样,由麻醉而渐渐陷入麻痹状态,他觉得是中了毒了。

而她呢?并没有那样感觉。她除了尽可能地热烈,尽可能地延长那吻以外,她再也没有更多的奢求,再也没有其他的希望和留恋。她想,这宇宙间所有的一切,即使是空气,也将不属于她了。然而她也没有悲伤,不,这正是她欺骗自己的地方,她确是有着不可形容的悲伤,不过她把它隐藏起来了。

她那只完好的臂膀,使出平生的气力,搂着他的脖子,他跪着一条腿,去俯就她,他流了泪,滴在她的眼窝里。

沉默,时间确实太久了。

"真是一个奇怪的吻哪!"

"为什么呢?"

"太长了,简直超过我们的爱情啦!"

"可是,我倒嫌它太短!"她企图打消他的不良猜想,勉强做出一个天真的稚笑,说,"快走吧,勇敢的小马,我预备了你意想以外的长吻和你相见哩。"

于是,他释然地笑了,当他临去时,他折断一枝高粱穗(穗垂悬着),作为回来时的标志。

他如同浮水一般,开始用手从高粱地里分开一条道路。坚实而魁伟的背影渐渐从李华的眼中消失了。只有高粱叶的响声,也如同流水似的,渐渐远了,听不见了。

这时候,她肉体上和精神上的痛苦,宛如被压迫到极度然后又解放了的弹簧一样,陡然地伸张到固有的本能,她几乎失声地哭了,但她压制着,心脏像爆炸了那样难过。在最短的时间,有十数次她想把他喊回来，结果她全用她的理智把它征服了。

现在，她越发感觉到她是姚行谦身上的枷锁了，这种刑具要不立刻给他打开，就是她一个人的罪恶，虽然这罪恶并不怎样严重，可是她的良心已经从"正义"的极峰向下跌落了，她不能那样做，她的自私绝不至于到让爱她的人——同时也是她所爱的人，仅仅为了爱，而遭到不幸……

"我必定这样做的，并且已经是个残废无用的人了！"

于是她怀着像在死刑的判决书上画押那样的心情，用左手食指在垄沟的一块较平的空地，写了下面几个字。

"我死了，无论谁都不要为我流泪，当我瞑目之前，我看见一个为我爱的人，正向为民族而牺牲的大路走去，我仿佛也看见了他的血花，我是快慰地死了！"

而后，她就利用她的一只完整的左臂，和一只完整的右腿，向着那暌违十年的石头河边爬去了……

正当李华和石头河握手的时候，姚行谦开始向回走来，向他自己所做的标志走来。因为他所要投奔的人没有了，人的屋子没有了，整个的村子也全没有了，仅仅是留着一些可怕的废墟！

太阳在晴朗的东方炫耀着呢！

一九三七年　武昌

开　除

　　陈保长仿佛一个凯旋的战士，满面春风地走上花草簇绕中的山径，得意使得他的脸色润红而发光，眼角、嘴角以及鼻翼两旁都出现了许多嬉笑的皱纹。这些皱纹在平时是表现他的苍老、粗暴与愚顽，可是如今那几种象征都被得意掩盖了。当他还没注意到我们的时候，在山径的尽端，我们就远远地望到他独自在发笑。

　　完全像一只爬山的老牛，他探伸着脖子，探伸着上半身，用那双八字分开的脚，吃力地拖曳着臃肿肥大的身子，爬呀爬呀，好不容易爬到了我们的身边，还来不及歇一口气，便拍一下老沙的肩头，上气不接下气地说："哎呀，沙先生，你看，两天不见，我又跑了一趟合川！"

　　"那么，你辛苦啦！"

　　"不，一点都不，我高兴极啦！"他说着，便解开制服的扣子，又习惯地袒露出即使是严冬也经常裸露在外面的大肚皮，那肚皮，简直就像怀孕的母猪。

　　"那是你的公务顺利喽？"我有意无意地接着说。

　　"不是。我是去搭救我的弟弟。"

　　"他怎么样啦？"

　　"呵，说来话长——"他挺了挺使人欲呕的肚皮，再用力咂了一声嘴唇，好像是在品味着甘美的食物，然后放下手中的小藤篮，"听我讲给你们……"

因为要进城，一听到说来话长的长话，老沙有点耐不住性子，他预备走。可是，他的脚刚迈出两步，就让陈保长一把拉住："不能走，沙先生，你听我讲给你们一段故事。"

　　老沙无可奈何地停下了脚。于是陈保长的故事开始了。

　　"前天，我忽然接到我弟弟的一封快信，说他马上就要被开到火线上去。沙先生，你想，性命攸关，我听了这消息急不急？简直急得我瞪着眼睛盼到天明！"

　　这时陈保长的表情，完全变成了紧张、愁苦，正如他刚刚接到他弟弟的信一样。可是，他停了一下，又释然地笑了："不过，急是急个半死，办法可总有的。沙先生，你想想看，我做了两年保长，还不觉得这个秘诀？没什么，这件事情，只要运动好保长，管保云消雾散。

　　"于是，第二天清早，我就赶船跑到合川。一走进我弟弟的家，嗬，他还没有起床。你猜怎么样？唉，两口子偎在被窝里正在抱头大哭哩！你看，可不把我气死！"一说到气，他真的喘了起来，袒露的肚皮伸缩了半天才接下去说，"首先，我骂了我弟弟一通，我说：'你这个脓包，你这个没有国家民族思想的东西！中国人让人欺侮到这步田地，快亡国灭种啦，而你还偎着老婆流眼泪。起来，还不赶快去报到！'

　　"我弟弟一听，也顾不得哭啦，脸色发青地爬起了床。然后，我又把我弟妹申斥了一顿，我说：'你不应用眼泪消灭士气，你应该鼓励你丈夫去从军……'"

　　不等陈保长说完，老沙和我同时伸出了大拇指赞美道："老兄，好样的，你真是觉悟分子！"

　　可是，陈保长脸上的肌肉突然痉挛了一阵，而后却嬉皮笑脸地说："嘿嘿，不过，话是这么说——自己的嫡亲骨肉，可不能眼巴巴看着他走进枉死城。老兄，你总该知道，我的去可不是为了去教训他们，而是为了搭救他们哪！"

听的人的情绪突然松弛下来，老沙又预备走了，然而又被陈保长拦住："你耐住性子听吧，精彩的还在后边——"

他用力呃了声嘴唇，摆正了姿势，庄严地接了下去："我一打听，他们的张保长还是我的老乡，而且也有一面之识。于是，我蛮有把握地去找他。可是见面一说，你猜怎样？嘿嘿，这位张保长一点也不顾同乡之谊，把脸--绷说：'不行，不行，这件事可没法通融。我也是做保长的，你也是做保长的，官官相护，你也该帮我这点忙啊！'

"他还是绷着脸摇脑袋。我明白，只是拿面子靠是毫无结果的；没办法，我只得咬一咬牙，掏出了一沓法币，十元一张，整整十张！"他做出了万分痛惜的表情，"我这样想，一百元要能买下一条命倒也值得。于是，我把一沓钞票往他手里一塞说：'老兄，收下这个，别难为兄弟啦，这里边的花样我全烂熟，只要拿钱雇一个壮丁来顶替，什么全妥啦，不是吗，老兄？'

"实际上，雇一个壮丁倒用不了那么多的钱——连一半也用不了。可是，无利不起早，我必须多给他一点利息。数过了钱，我才看见他一点笑容：'雇壮丁倒是一个办法，可是这里的壮丁差不多抽完啦；而且，常常玩这套把戏也是危险的，要给上边发觉，我这保长的脑袋怎能吃得消，所以，干过几次之后，我发誓不再冒险啦！'

"'那么，还有别的办法吗？'

"'等我想想看，但是不一定靠得住。'

"这样一来，简直把我的希望浇灭了一半。最后，他这样嘱咐我：'明天报到的时候，你还是让他来。让他装病来请假，那时候，我也许有点办法。'

"等我追问他什么办法时，他竟吞吞吐吐地不肯说明。我心想，这回可糟啦，他一定没什么好办法的，他是搪塞我呀！假如一百元送掉了，人再留不下来，岂不是鸡飞蛋打，人财两伤！"陈保长皱锁着眉头，抓耳搔腮地表演了半天，继续道，"我的心足足在油锅里滚了一夜，好容易盼到第二天。八点钟，我领着我弟弟去报到。点名啦，张保长方方正正地坐在一张方桌跟前，一个一个地喊名字。喊到陈子云的时候，我弟弟就一步一哼走过去，张保长看了看，忽然把眼珠子一瞪，骂道：'陈子云，为什么这样颓唐？振作起来！'

"'报告保长，我振作不起来……'

"'士气不振，怎能战胜敌人？振作起来！'

"'报告保长，我有病。'

"'什么病？'

"'……伤寒病……我不能出发……'

"这时，不知是谁喊道：'陈子云纯粹装病，刚才走出来的时候，我看他还蛮精神的。'

"紧接着，许多人异口同声地嗡嗡起来。我一看这情形，真急得满头大汗，看看张保长，眼珠子越瞪越圆，他忽然怒发冲冠地喊了起来：'陈子云竟敢装病，未上阵而先退缩，应受军法处分！来，拉下去，打四十军棍！'

"也来不及分辩，就在大家的呼啸声中，陈子云真的被拉下去啦，而且真的被打了四十军棍。他一面哎哟，一面喊哥哥。简直把我气得火冒三丈，我受骗啦！一百元白白送掉啦！要不是在大庭广众之下，我真会把张保长扯下来捶他一顿……"

"你可以去告他呀！"老沙给他出主意。

"是呀，我也这样想。可是，事情完全出人意料，陈子云挨完了四十军棍，又被送到张保长面前来，张保长气得还在发喘呢。后来你猜怎么样？"

"怎么样？"

陈保长挺了挺肚皮，运了一口气，说："只见张保长怒目圆睁，站了起来，把桌子一拍：'开除！'"

陈保长声嘶力竭地喊出这两个字之后，挺着袒露的肚皮，大摇大摆地一直向山径的高处走去。

一九四一年五月二十日　延安

老 夫 妻

一

当，当，当……

锣声像突然受惊的烈马，踏破了黄昏的宁静。它不规则地奔腾着、叫嚣着，从东到西，从南到北，敲碎了整个的村庄，从峡谷中传出了同样的回音。悠然的溪流，轻拂的树梢，仿佛都被它惊动了。

于是，整个石玉村骚动起来。男女老幼都带着一张惶恐失措的脸，匆忙地、纷乱地向大广场上集合了。每个人都怀着一个不祥的预感，每个人的心都像跌进冰窖里一样的寒战。胆小的女人都苍白着脸儿，如同发疟疾似的，不能自禁地磕打着牙齿。虽然正当初夏，可是她们都感到一种稀有的寒凉，那寒凉是从心底散播出来的。

这锣声是紧急集合的号志。黄昏里的锣声，在石玉村还是第一次听到呢。

军队里的政治员，已经出现在广场的戏台上了。他的一向好嬉笑而年轻的面孔，如今却变成令人不能相信的严肃，这严肃就增加了人们的惶恐。

广场上的人越聚越多了，人挤着人，声搅和着声，很像汹涌澎湃的潮水。婴孩们无顾忌的哭，女人们的叹息，以及被踩着脚尖的尖叫，老年人的咳嗽……这些不同的声音从各处飞来，糅合在一起，造成了一个极端混乱的骚音，仿佛失了蜂王的蜂巢。

"同胞们，安静些……安静些呀！"

台上的年轻政治员，摆出严肃的面孔，挥着拳，声嘶力竭地制止着混乱的人群。

由于希望政治员快些揭开不祥的预感的真相，每个人都开始努力来约束自己。抱着婴孩的女人，把乳头塞进了哭叫着的婴孩嘴里，老人们竭力压抑着刺痒的喉咙……骚音由低弱而逐渐平息，广场上恢复了黄昏的宁静。压不住的只有田里的蛙鸣，和永远潺潺在流的溪水那有节奏的低吟。

所有的视线都集中在台上政治员那严肃的嘴角，所有的脖颈都在尽可能地伸长着，企图与政治员的嘴接近。呼吸窒息了，心脏的跳动也失去了节奏，他们正像一群不幸的待决犯，在倾听政治员的宣判。

"同胞们……"宣判开始了。年轻的政治员运足了力气，展开了洪亮的喉咙，让他的声音在模糊的空中，写出清楚的字句，"敌人已经逼近了……离咱们村子也不过二十多里，这是刚刚接到的情报，虽然我们有无数英勇的弟兄在那里堵截，可是却不能不有个准备。同胞们，我们不能等着敌人来杀害、来糟蹋，应该赶快躲起来，越快越好……"

"躲，躲到哪里去呢？"人群中发出了许多这样类似的、听不大清楚的疑问。

"躲到山里去，带走你们的米，你们的麦，你们的牛和马，甚至连鸡鸭都不留一只，除了太笨重的东西而外，统统带走……同胞们，我们必须这样做，好让那群疯狂的强盗站不住脚……这样，一方面可以保住了你们的财产和生命，一方面也就是帮助了抗战……"

"不行啊！我走不了哇，我有孩子，我有一石小米，还有一条老牛和犁耙……这些东西我可怎么带得走呢？我是一个寡妇哇！我不走，让那群鬼强盗把我杀死吧……"挤在最前边的一个女人突然绝望地喊了起来。这声音盖过了叽叽咕咕杂乱的语声。

"不能，你必须走，一个人、一点吃食都不能留下，特别是妇女、小孩子和壮丁……大嫂子，想来你听的也该不少了，那群禽兽还能便宜一个女人吗？……"

"我走？我可怎么走，顶多我能抱起我的孩子，牵走我的牛，那些小米，那些破衣烂被和犁耙，我都能拖得起吗？天，不带走，我可怎么活得了呢！还是让那群鬼强盗把我杀死吧，我是一个寡妇啊……"那女人索性坐在地上，用她的破袖头在揩眼泪了。

台上的政治员伛偻着腰，向那个陷入绝望的寡妇安慰着说："大嫂子，你不要着急，走，你尽管走，抱起你的孩子，牵走你的老牛，米和其余的东西，尽量驮在牛身上，剩下的，我可以负责求弟兄们帮你运到山里去……我们的弟兄不是常常帮着你们割麦耕田吗？他们是不会袖手旁观的！"

女人在轻轻地抽咽，没有回话，仿佛她已在考虑了。

女人这边刚刚压服下去，数不清也听不清的喧嚣和倾诉又继之而起。

"我不能走，再过十多天，我的麦子就要收割了，多么成实的麦粒呀……"

"我家里没有一斗米，我的米都在田里，让我带跑一个空肚子饿死吗？……"

"我的庄稼，神仙下界也帮我抬不走，还是让我死在我的田里吧……"

海潮一样的叫嚣，几乎震破政治员的耳膜。人们仿佛热锅里的蚂蚁，又开始在不安地攒动着，骚扰着。政治员那严肃的面孔，完全被人遗忘了。他仍旧挥动着拳头，声嘶力竭地喊着，企图恢复适才的宁静。然而，当他把他们预感中的不祥揭破之后，他的努力便被恐怖和绝望压倒了。但为了完成他的任务，他不得不重新振作起来："同胞们，安静些，请听我把话说完吧！"

渐渐地，人们勉强地闭住了嘴巴，骚动终于平息下来。

"现在，已经到了紧急关头，我们一切都不能顾及，什么田地、房屋……人的生命是最值钱的。在明天午时以前，全村的人都要走光，一个人、一点吃食都别留下。同胞们，日本鬼子是凶残无比的，日本鬼子是我们不共戴天的仇敌，我们宁肯饿死荒郊，绝不能让鬼子杀死……至于田产啦、庄稼啦，现在是我们自己的，将来还是我们自己的。我敢保证，就是敌人真的打进来，也不过是三天五日，我们一定可以很快地把他们赶跑……同胞们，我相信，大家谁也不愿意做汉奸，谁也不甘让日本鬼子杀害，那么，就请赶快回家准备，明天天一亮，就会有两连弟兄来帮你们搬运了……同胞们，一定要走，敌人已经逼近了，再没有什么犹疑……同胞们，亲爱的父老兄弟姊妹们，我们暂时再见了！"

政治员坚决而肯定的一片话，消失在嘈杂的人声中，他的影子也被夜吞噬了。

人们绝望地，疲倦地，拖着无力的身子，蹒跚着各自走向自己的家。他们的谈话声，女人的啜泣声，还在不断地飘荡在夏夜的轻风里。那声音里含蕴着多样的成分：仇恨、愤怒、忧郁、悲哀和无边无际的惜别之情，以及那前边安排下的渺茫的更加贫困的生的暗影。

人们虽然嘴上还不肯决定去留，可是在心里都有了决定。而每个人也都有一个从经验得来的信念：要不了几天，还可以回来的呀！过去，敌人曾经六次攻到山上来，不都是很快便被我们英勇的战士，自卫队和游击队赶回山下去了吗？

一想到这儿，人们的心就松快了许多，虽然那不幸的暗影，仍在遮断着他们的生路。

整个石玉村失去昔日的平静，人们的心也失去了昔日的平静。明天，人们的生活将有一个大的变化，每个人怀着一种沉重的忧郁，面孔突然显得憔悴和苍老起来。

只有张老财一个人，没有被这险恶的浪潮波动他的心，他的心仍然像静静的湖水，没有一丝涟漪。他来参加这个集会，可以说是出于好奇心。而后却带着一种平淡无奇的心情回家。

在当时，他自始至终保持着他的镇静和沉默，不和任何人交谈一句，他只是悠闲地含着长长的旱烟袋，一个人坐在台边的一个大树根子上，像一个观众在看着这悲剧序幕的演出。敌人的来或去，村民的去与留，一切他都漠不关心，仿佛一切灾难都是为别人而设的，唯有他可以站在幸运的船上，观看别人怎样在暴风雨中驾驶着小舟。

"你们怎样都与我不相干！你们走吧，哼，我老头子算是铁了心啦！"

当他跨进家门的时候，儿子得禄早已掌起烟灯躺在炕上在喷云吐雾了，儿子一面烧着烟泡，一面和坐在被窝里的老婆在计议着什么，一看见张老财进来，他们急迫地问："爸爸，你看，怎么办呢？咱们……"

"什么怎么办？你也和他们那些愚民一样地慌神了吗？"不等儿子说出下文，张老财就给打断了。他那苍老的声音里，含着不以为然的怒意。

"不能那么说，爸爸，人，哪个不怕死呢？我看，咱们也不能在这等死呀！"

"是呀，爸爸，咱们真不能在这里等死，听说鬼子连六七十岁的老婆子都……"媳妇用打颤的声音附和着，但她没有勇气说完她要说的话。得禄却乘着空闲，上好一个烟泡，吱吱地抽了进去。

"别再啰啰唆唆，我不是早就说过吗，至死，也休想让我离开我的家乡……"

张老财决绝地跺了一下脚，便从长长的条凳上站起，在地上踱起方步来。

儿子沉默了一会儿，又抽进了两个烟泡，看了看在旁边唉声叹气的老婆和睡在被窝里的孩子，就又怯生生地说："爸爸，我看咱们还是躲一躲好，我倒并不是怕死，就是来了鬼子也没有什么大不了的，要紧的是你的儿媳妇，爸爸你想，要是你的儿子戴上了绿帽子，连你也不好见人哪!"

"对，对，"张老财又狠命地跺了一下脚，上半身随着向前躬了一下，紧接着就挺了起来，"你尽管带着你的老婆孩子走，我不拦你。可有一宗，要是寿子有个一差二错，我可不能轻饶了你，他是我传宗接代的根苗哇!"

说着，把袖子一甩，就气呼呼地离开了儿子的房间。他从来没有对儿子发过这么大的火，他溺爱着这个螟蛉子，这一次算是例外，主要的还是为了舍不得离开那已经会玩会笑的孙子。媳妇走了，孙子还能给他留下吗？

儿子知道爸爸的固执脾气，他决心既定，就是九牛二虎也拉不动他。其实呢，自己又何尝愿意跑出去受罪！家，是多么温暖，多么舒适。要不是为了老婆和孩子，他真愿陪着爸爸守在家里，宁肯顺从了日本人，也不甘心出去受苦。

为了老婆，怯懦的、不长进的得禄不得不咬着牙准备跑到山里去受苦了。爸爸的气，他并不介意，因为爸爸是始终地爱他，对他的发火不会是真的，用不了一会儿，他的气就会自消自灭了。

于是，得禄开始吩咐起还偎在被窝里叹气的老婆："光是叹气有什么用！赶紧把要紧的东西收拾收拾，明儿就跟着大家伙一块逃吧……"

当老婆偎下地来翻箱倒柜的时候，得禄又郑重地吩咐一句："喂，千万不要忘了把那几两烟膏带着呀!"

二

在山中，这是一个破天荒的夜，一个动的夜。当老公鸡啼头遍鸣，张老财出去解小手的时候，他还听到许多一向没有听过的声响。虽然天空还是漆黑一片，但，大地却不十分黑暗，几乎家家户户都在点着暗淡的油灯，在纸窗上摇摆着火亮。

无疑地，家家户户都正在做逃亡的准备。他们利用睡眠的时间，挑选着件件难舍的什物。张老财一边提裤子，一边对着那些在他认为是鬼鬼祟祟的灯火，默默地发笑。转过身往门那边走的时候，他大声嘟哝着。他的声音，很清楚地传到邻居的耳朵里："真见鬼，这荒乱年头，一个屁也能把人吓昏。从前，是半夜里怕鬼，这会儿是大天白日怕人？赶快跑吧，鬼子就来吃人啦，我老子不走，给你们孝子贤孙看家……"

最后两句，多半是对儿子说的。

口上虽是气愤唠叨，却很心平气和。然而这一夜他竟翻来覆去睡不着了。儿子房里偶发的声音，并不会搅扰着他，可是孙子的啼哭竟使他想起了许许多多的心事：他想到了那即将到来的难堪的孤独，他怀念起被他逐出家门的老妻和亲生的儿子，要是他们，也许不会忍心使他一个孤独的老人单独留下吧？至少，老伴会陪着自己守在家里的。现在，虽说感情已经破裂，可是，怎能断定他们不在记挂着自己呢？

"真的割不断，假的按不牢哇！"

张老财第一次对他一向宠爱的蟆蛉子产生反感，第一次对他寒心了。没有如得禄的预想："用不了一会儿，他的气就会自消自灭。"这回，他气得很长久，而且很深刻，睡在炕上，他一直在黑暗中睁着眼睛幻想，不住地翻身，最后，他决定了，决定不给儿子带走一个钱，没有钱用，他很快就会回来的。

有了这样一个设想之后，张老财才心平气和地闭上眼，不久，就睡着了。

但不久，又被一种骚乱的声音所惊醒。张老财睁开沉涩的眼皮一看，窗纸不过刚刚有点灰苍苍的薄明。他明白那是一些什么声音，于是他怀着怒气走了出去。

黎明的云幕，像稀薄透明的液体，流动在峡谷的峰顶。太阳隔着山，伸张开长而发亮的睫毛。薄云被映出不同的颜色。空气，仿佛被清流洗过了一般，带着清沁的香味。黎明的一切，都被笼罩在这气流里边了，这要算一天之中最美好的时光了。但，不幸，这美好竟被人们破坏了、扰乱了，如今，空气里充满的不是那清沁的香味，而是无边无际的骚乱、惶恐、喧嚣与不安。

张老财照例抱着一个好奇心迎着噪音踱出院子。他背起手，故意挺高胸脯，喷吐着缕缕的烟丝。他以不屑的神气，观望着那纷乱的人流。

人，是慌乱的，这在石玉村有史以来，是一个从未有过的现象。一夜的工夫，人们都变得憔悴不堪。他们流露着涩红失神的眼神，在向小车上、驮架上装载着什物：七棱八角的大包袱，木箱，破的竹筐，结实的米粮袋……

年轻的政治员并没有说谎，军队里的弟兄们真的来帮忙了。一些黄绿色的身影，夹杂在人群中不息地忙碌着。他们对于民众的财物比对自己的财物更加看重，谨慎地装运着，不使它们有一点损伤和遗漏。

躬了背、挂着拐杖的老头子，白发苍苍的老太婆，望望自己的家门，望望小车上和驮架上的什物，感伤地叹着气。女人们抹着清鼻涕，揉着红肿的眼皮。男人们个个有点失措地瞻前顾后，搬着、装着一切。鸡被追捕得乱飞乱叫，骡子、毛驴，个个都驮起了驮架，呆呆地任它的主人摆布。蠢笨的牛在那里若无其事地选吃路边的青草，然而，它们的背上却也有了不轻的负担。

光着屁股的孩子们是无知的，他们的身上都涂满了泥污，在大人的身边或胯下钻来跃去，莫名其妙地嬉玩着。大人们的忧烦正无法发泄，于是，孩子们的头上、脸上、屁股上，常常和大人的手掌撞出脆快的响声……这稀有的骚扰，发出了各种声音。混乱，吞噬了田野，吞噬了山峦，吞噬了溪流，连路边的槐树都让这混乱撼动了，它们不住地摆着树梢，仿佛向村子里的流亡之群握手道别似的。

张老财观望得出了神，噪音震聋了他的耳朵，是什么时候，儿子站在他的身边，他竟毫不知道。

"爸爸，你还是不肯走吗？"

"我什么时候朝三暮四过？说不走，就是不走，你想怎的？"张老财翻了翻眼睛，用力地抽出了嘴里的旱烟袋，没有向得禄多看一眼，就又把头掉转过来。他十分明白得禄的来意。

爸爸的气还没有消，这在得禄是一个意外，于是他只好壮了壮胆子嗫嚅地说："那么，给我点钱吧，爸爸，我要带着他们走啦！"

张老财像受惊般地突然把头一扭，厉声地说："钱！你还要钱做什么？有的是米，随你的便，有多大本领你就带多少。钱，我还留着做棺材本哪！"

"爸爸，没有钱怎么行呢？"

"没有钱怎么就不行？你们跑到山里还要钱有什么用？你不怕让人家'合理负担'了吗？"张老财更加斩钉截铁地说，"要走就走，你就是说出天花，也别想带走我一个铜板！"

儿子完全绝望了，他想不到爸爸会这样心狠。他一边嘟哝着，一边愤愤地走回院子。

"哼，你不给我，看你的！日本鬼子打进来，你的棺材本还不是一样化成灰？"

张老财望着儿子的背影，狠狠地瞪了一眼。

邻居孙老二已经装好了家私动身了。当经过张老财门口的时候，他停下来，惊愕地喊道："喂，张大哥，你怎么还站在这里没事儿似的看热闹呢？天不早啦，你看，日头都出来了。"

"日头出，日头落，干我什么？反正我整天到晚地没有事。"

"怎么，你不走吗？"

"我往哪儿走！我怎么也不能离开我的产业呀。它养大了我，它的命，就是我的命，你叫我丢下它自顾逃命吗？我，我可没有那样狠的心肠！"张老财恶意地吐口黏痰，冷笑着说，"孙老二，我比不了你，你是掉头的笔，光杆一条，可以四海为家！"

"钱财粮米你不好带着走吗？你有好几个牲口。"孙老二还是跟张老财说正经话。

"房子、地，你也能背得走？胡说八道！"

"哼，你就守着你的房子、地吧，难道你不怕鬼子？"

"活了一辈子，娘的，还没有见过鬼，这回我可要开开眼，看他会不会吃活人！"

"张大哥，老弟跟你说句笑话，"孙老二乘势反攻，"你好比……"孙老二怕对方听了发火，又把未说出的话吞下去。

但是，张老财绷着脸，逼着孙老二非说下去不行。

"我好比什么？你说。"

"你好比锅里的泥鳅，摇头摆尾也当不了死！"

"怎么叫作摇头摆尾？"张老财不解地问。他的寿眉，竟像蟋蟀准备斗架的触须颤动起来。

"你向日本人摇头摆尾，你打算当顺民，当汉奸……"

孙老二不加考虑的解释，好似一把烈火，点着了张老财的心，他瞪圆了那双满是皱纹的深陷小眼睛，跺着脚，连那两撇发黄的胡子，都气得翘起来了。

"放屁！"他像骂自己的儿子似的骂着对方，"你简直是血口喷人……"

他摇摆着矮胖的身子，气喘喘地卷起了袖口，高举起那支长杆的烟袋，准备向孙老二动武了，准备把那锤子一样的烟袋锅重重地向孙老二的头上砸去。可是孙老二早已机警地牵着驮子走开了，在他的耳边还隐约地可以听到孙老二清脆的话语："要不，你为什么不走，你把米都堆在仓子里，不是准备给鬼子进贡吗？"

他浑身发抖地走进了院子，得禄正牵着两匹小毛驴走了出来。张老财的怒火立刻迁到儿子身上，他瞪了儿子一眼，但是气得说不出一句话。儿子和媳妇向他说了两句什么，他也没有细听。连媳妇怀里抱着孙子他都没理，就一直地钻进自己的房里。不一会儿，他又像记起了什么，匆忙地走了出来，但，儿子已走远了，望得见的只是模糊的背影。

　　一批批逃难之群，恋恋不舍地离开他们的家和田庄。连他的长工也走了。整个石玉村逐渐空虚起来，寂寞起来。张老财伸张目力望着那三个最熟悉的背影，一直到消失，他才颓然地走进大门。他的心也像石玉村一样地空虚、寂寞了。

三

　　张老财活了整整五十个春秋，还不曾遭过一次劫难。他把他的生活处理得有条不紊，真是五十年如一日，那是值得向村子里任何人骄傲的。

　　中条山里也常常闹饥馑，荒旱的时候，简直颗粒不收。然而，张老财却从没尝到过挨饿的滋味。他的粮仓是永不空虚的宝库，那里面囤积着颗粒饱满的粮食。平常倒还没有什么，一到荒旱的年头，他便可以向人们骄傲了。那种骄傲会引起人们的妒忌，然而，他满不在乎。

　　他把粮仓的钥匙总是深藏在贴身衬衣的口袋里，每天，早晨起来，总不忘记去检视一下仓里的米有没有短少，昨天他偷偷画的记号有没有变样。他防备的是"铁扫帚"老婆和"败家子"得福。因为他们母子竟常常偷窃仓米去布施穷人。"家贼难防"是张老财最感头痛的事，也正是他和老婆感情失和的最大原因。家庭的纠纷，算是他生活中的小小波折了。

　　二十二岁上，张老财从父亲手里接下来这一份不薄的产业：一片肥沃的田园和一所在石玉村也可称得起富丽的院落。院墙外，有高直挺秀的白杨，有连绵十几丈的枣子树。院当心，除了六株柿子树，还有一棵恰能表示张老财祖宗遗产年龄的老槐。每当夏末的时候，枣子熟了，柿子也红了，张老财坐在那没有阳光的树荫下，看着那挂满了枝叶间颜色光泽的果实，他真快乐得要笑出声来。他每天不厌其烦地数着柿子的数目。这是他没有事做的时候唯一消遣，同时，他也真担心老婆又会把那些美的、甜的果实摘下送人。这在山中，虽是一种稀烂贱的东西，但他总不愿白白地给人。他吝啬，他爱财如命，他绝不肯让别人占去自己的所有物。父亲临终的时候，还再三嘱咐他："爸爸死了，爸爸不希望你挣来更多的家业，只要你能够守住爸爸留给你的房产地业，我就可以瞑目了。你要常常想着，这些家业都是你祖代和你爸爸血一点、汗一点换来的……"

张老财没有背叛父亲的遗嘱，他是在怎样尽心尽意地保守着这份祖传的基业呀！三十年来，他没有让房瓦缺少一块，房子和墙角有一点倾斜的模样，便赶快设法补葺起来；他也没让他的田园减少一条垄沟，他用头大的石块早把自己的地界和别人的地界割开来了，在他的粮仓里，永远保有着父亲死时遗留下来的那么多米粮……一切都保留着父亲生前的模样，只是院里院外的树长得高大了，枝叶繁茂了，然而，这也并没有背叛父亲的遗嘱，也许正是父亲九泉下的一种安慰吧。

能够不背叛父亲的遗嘱，能够守得住这一份父亲传给的家业，这是张老财最堪自慰的一件事。每逢想起这些，他的嘴角上、眼角上就都会浮现出自得的微笑来，仿佛他是站在父亲的面前，父亲在用那双粗糙的、枯瘦的，然而，在他却感到无限温柔的手，轻拍着他的头顶说："真是我的好儿子，你真没有辜负爸爸的苦心哪！"

可恨的是自己的老婆。父亲死的前一年，他们就已经拜了天地。父亲临死的遗嘱，她也完完全全听到，而且她还比自己更伤感地流着眼泪听着的，然而，为什么她竟会把父亲的话忘得干干净净呢？她是那样地看轻了这一份产业，一切她都视之漠然，一切她都毫不吝惜地施舍给人。张老财总是认为，每一粒米都含着父亲的血汗和自己的苦心，可是她呢？竟把成升成斗的米，无代价地施舍掉了。这无异于施舍掉父亲的血汗和自己的苦心，这怎能不使张老财心疼呢？于是夫妻间的争吵从此开始了，也从此种下了破裂的根苗。

每当张老财发现老婆偷窃仓米而大发雷霆的时候，他的老婆总是镇静地微笑着说："一点米，也值得你大惊小怪？你的仓里堆着那么多粮食，你忍心看着别人挨饿吗？"

"放屁，你这个扫帚星！我的米也是祖辈血汗换来的呀。挨饿，谁叫他们不要强！"

"你真是，他们不是真的没有办法吗？好吃懒做的人我是绝不周济的呀。"

她总是那样温顺地笑着、争辩着。天长日久，就把他的脾气磨钝了。他对她感到束手无策。最后，他终于想出了一个办法，锁起仓门，藏起钥匙，连米的影子都不让她摸到。

然而，那个贱女人好像生来就是一个败家星，保存不住一点财物，她竟把她娘家陪嫁的压箱钱统统用来周济村子里的穷苦人。最后，连自己的破衣烂衫也不存留一件了。那里面虽然没有他的父亲的血和汗，但张老财总是看不惯那种好施舍的坏脾气，他很为这个忧心。十年来，她不曾生育过，他的后代是很渺茫了，倘如自己死在老婆的前头，他敢断定，她一定会把几代传下来的家业败光的。于是，她在张老财的生命中便成了一个极大的祸根，他总在烦愁，心想，用什么方法能把这祸根铲除呢？

三十二岁那年，她生了儿子得福之后，张老财稍稍获得了一点安慰。他把希望完全寄托到儿子身上了。以得福的聪明和敦厚，他确信，这孩子一定是一个创业者，至少也是一个守业的人。那么，他这一份家业也许可以确保无疑了。从此，他和妻子行将破裂的感情，又被这孩子联系了起来。

得福慢慢地长大起来，张老财的希望也慢慢地变成失望了。儿子的性格完全出乎自己的想象，仿佛他的血液里没有掺和一滴父亲的血质，而他母亲的"坏脾气"却完全遗传给孩子了，越大就越明显，他竟然也学着母亲那样，常常把东西送给邻家的孩子们。即使是心爱的什么玩物，只要对方向他有所表示，他就毫无吝惜地从自己手里让给别人，而且，他还舒畅地笑着。看得出来，施舍对于那孩子，正像他的母亲一样，是一件最感愉快的事。

"从小看大，这简直是一个败家子！"张老财常是这样地想，也常这样狠狠地咒骂。

一个"铁扫帚"老婆，一个"败家子"儿子，这怎么不使张老财绝望呢？当他躺在棺材里，埋在地下之后，这一份数代相传的基业，必然会很快破产的……

于是，他对得福的珍爱渐渐地变为愤恨。当得福八岁被母亲送入村中的一个私塾读书的时候，张老财竟坚决反对，他不肯替儿子缴纳那一年仅仅两元的修金，他的理由是："就是败家，我也不能让他从这么大一点就败起呀！"

明达的母亲并不因为固执、吝啬的丈夫的经济封锁，而放弃儿子求学的机会，她深深地感到，不使儿子读书，那就等于挖去儿子的双眼，等于埋葬了儿子的一生，她不能看着儿子的前途就这样断送了。为了这，她要跑一百多里山路，到得福的舅父那里拿到两块钱，作为得福的修金。年年如此，没有间断过。

得福是在母亲训诲之下长成的，他非常勤苦地读着书，五六年如一日。他在母亲那里换来了无限的爱抚。无疑地，这孩子是母亲生命中一棵有希望的嫩苗。她亲手播下了这颗种子，经过了苦心的培植和灌溉，慢慢地看着他发出了嫩芽，长出了枝叶，她还要看着他打苞，开放火红的花朵，以至结下硕大的果实来。除非死神张开魔手夺去她的生命，她是一刻都不能松懈，她不能让这棵嫩苗枯萎下去。

然而，张老财对于这个独生子，却从不负一点教养的责任，他对那孩子没有一点关怀。儿子仿佛是母亲一个人的儿子，张老财绝不爱惜这样一个不遂心愿的后代。他爱惜的是他的房屋、田园和那紧锁的粮仓，以及永远束在裤带里的钞票。

金钱是他的灵魂，房产就是他的躯壳，除此之外，便是那时刻响在脑壳里的算盘。

丰衣足食的优裕生活，并没有保育住张老财应有的健康。他的头发，早在四十岁时就苍白了，因为他过分地浪费了他的脑汁。他好胡思乱想，好深思远虑，他的全部财产每天都要在他脑子里盘桓几遍。他的脑子里有着一个经常在响的算盘，同时也有着一本细目清楚的流水账，那本账，他天天都要翻开来重新计算不止一次。

　　现在，张老财又在他的儿子身上打算盘了。

　　得福已经长到十四岁，他是一天天地和张老财的理想背道而驰。他受着母亲的熏陶，简直无法使他接近自己的理想，更无法使他接受自己的教导。他并不希望儿子来和他亲近，疏远些倒反而使自己省俭些费用。不过，他毕竟还需要一个儿子，需要一个继承遗产的后代。但，像得福那样酷似母亲的孩子，又怎能替他守住那份产业呢？经过了多少天的深谋远虑，终于被张老财发现了一个治本的办法来。

　　"明年，别让得福再念书了，念了几年书，你看他简直变成匹野马，一天到晚我连个影子都摸不到啦！"放年假的时候，他向妻提议。

　　"不念书你让他去放牛吗？"妻反对地说，"你一看见他，就吹胡子瞪眼，那孩子还敢到你跟前吗？"

　　受了妻的冲撞，例外地，张老财这一次没有发火，他仍然很平静地说："咱家的人口少，我看还是让得福守在家里吧，让他学着抽抽大烟。要不，这小子长大了一定要胡作非为的。"

　　张老财想利用鸦片来转变儿子的素质，来约束儿子的个性，不使他发展下去。因为经验告诉他：一个人一抽上了鸦片，他会逐渐变成吝啬，而且，他会一天到晚地守着烟灯，不想去嫖，不想去赌，不想去做一切挥霍钱财的勾当。

　　在山西，鸦片是廉价的东西，吸鸦片是一种有限的消耗，因此，人们常常利用它的毒质，预防子弟的游荡。山西的小孩子七八岁就染上了鸦片的嗜好，并不算稀奇，这特殊的现象已经成为一种很普遍的风俗了。

　　张老财觉得这办法对儿子是一种消极的管教，而且名正言顺，谁也不会反对。却想不到老婆为了这提议竟大大地吃了一惊："哎呀！原来你肚里装的尽是坏水呀！你想杀害我的孩子吗？"

夫妻俩为了这个问题，竟发生了激烈的争执。结果，固执的张老财终于失败了，他第一次尝到屈服的滋味，但，表面上，他没有表示屈服，他仍然在跺着脚咆哮着。堂堂男子汉，怎肯在老婆面前低头呢。

"你这泼妇，你这扫帚星，你简直想把我气死……你……"张老财几乎跺肿了脚，一整天，他的脚不知跺了多少次，他一发脾气，他的脚就要大吃其苦了。

"哎哟，小心跺坏了砖，那是钱哪，那是钱哪！"妻冷笑地讽刺着。

张老财没有了解这讽刺，他真的躬下身子，在他跺脚的地方检视了一番，砖是完整的，并没有一点损坏，他这才放了心，继续叫骂下去："你这个扫帚星，你是安心叫他倾我的家，败我的产啦！你是……"

"我看你可真发了昏，我供他念书，为的是让他学好，不让他抽大烟，也为的是让他学好哇，就算你的坏主意，保得住你的产业，我也不能眼看着我的孩子一辈子翻不过来身哪！错非我死……"

"狗屁，狗屁！抽大烟算什么坏事，有钱的人家，家家如此！"张老财理直气壮地讲着他的道理，"小孩子一天大似一天，你能把他用绳子拴在家里，不让他出去胡作非为？"

"发火也没用，你说出天花来，也没用！"她觉得吵破了喉咙也不会和她顽固的丈夫讲出个青红皂白，于是，赌气地走了出去。

张老财一直追到房门口，他站在石阶上，照样地跺着脚，威风凛凛地叫骂着："臭婆娘，你躲我，好，我有办法！我总有办法的……"

争吵暂时结束了。然而，此后张老财并没有想出什么有效的办法，任凭他怎样威迫，得福是绝不肯向他屈服的。孩子和妈妈一样明智，他知道，那是一个消磨意志的陷阱，是一条永远找不到光明的歧途。爸爸的命令，引起他强烈反感，最后，得福竟愤慨地说出这样的话来："我要信妈的话，不要你的产业没关系，抽大烟我可不能！"

张老财意外地又在儿子面前碰了一鼻子灰，他想不到平常好像非常畏惧他的儿子会向他反抗，而且说出那样决绝的话来，惹得他更加暴跳起来。张老财没有打人的习惯，和他的妻虽然感情不和，对他的儿子虽不爱惜，但他从来没有打过他们。这一次，他忍无可忍了，不打，好像他失去一家之主的尊严。他狠狠地跺了一脚，紧接着又把那双脚飞到了得福的右胯上，狂暴地骂道："你这个忤逆！你也来冲撞我？不要我的产业，这话是谁说的？是你说的？是你说的？"他用那张气得发青的、仿佛变了形的脸，逼近着正在不解的得福。

"是我，也是妈妈说的。"他坦白地回答。

"好哇，你妈教给你忤逆你的爸爸，你们娘俩要串通一气活活气死我这老头子！不要我的产业？好，好，好！"仿佛他心里已经有了什么决定似的，冷冷地连着说了三个好字，而后，就好像被鞭打的、拉磨的驴子，围着八仙桌子乱转起来。

得福慢慢地退出了爸爸的房间，一边走，一边不服气地小声嘟哝着："我要念书哇，为什么叫我抽大烟呢？"

特别是在盛怒的时候，张老财的耳朵是异常敏锐的，得福的小声嘟哝，他真真切切地听到了，他把烟袋锅狠命地向八仙桌子上一敲："念书？哼，你看我叫你念书……"像对着儿子，也像是自语。

老婆反抗他，儿子反抗他，张老财在这小小家庭中已经无法行使他的职权，这在他觉得是一个莫大的耻辱。这耻辱，他是不能默默忍受的，总要设法报复一下。

年假期满了。得福拿着两元修金兴高采烈去入学的时候，他意外地遭到老先生的拒绝。老先生望着两元钱，望着这个勤读的弟子，有点惋惜地说："我不能收你这个弟子了，把你的修金拿回去吧！"

"为什么呢？老师？"

"你的爸爸早就下了话，要收你，他就要来捣烂我的学房。你就是拿十元修金我也不敢收你呀!"

得福这才明白,原来是爸爸暗地里使的阴谋。他央求先生允许他继续攻读,他担保,爸爸绝不会那样野蛮地来捣烂学房的。

然而,那位老朽的先生无论如何也不肯把他收下。金钱就是势力,有钱的人总是带着无限使人惧怕的权威。张老财在小小的石玉村里要算是首屈一指的富户了,虽然他常是微笑地对着人,虽然他从不横行霸道,可是,不知为什么,人们对着他,总是望之生畏。

这有什么办法呢! 得福只好失望地又带着两元修金回家向妈妈诉苦了。

母亲没有说什么,也没有显出失望的神色,她只冷笑了一声,又把儿子领到另一个私塾里去报名。但竟又同样地遭了拒绝。再到另一个私塾去,所得的答复也是一样的。石玉村总共只有三个私塾,这三个,他们全走到了。结果,得福只好哭哭啼啼地随着陷入悲哀与愤怒中的母亲回到了家。

这回,张老财胜利了,他得意地笑了,几乎合不拢嘴巴,仿佛那已失去了的威严,一下子又都收回来了。

四

青春像黄河的水,是一去不复返的。比张老财年长四岁的得福的妈妈,已经由少妇而变成五十几的老太婆了。现在,人们都用"张老太太"这蕴含着衰老与敬爱的名词来称呼她了。光阴,过得是多么快呀,张老太太已在丈夫的恨怨中消磨了她的青春。在她多半生的岁月里,虽也和丈夫一样没有遭遇过任何劫难,可是她感到在自己的灵魂中总是荡漾着不愉快的波纹。她没有尝到过和乐家庭的幸福,她的生活是枯燥、寂寞、烦闷和无聊的,不和谐的空气使她苦闷,孤独使她感到生活没有光辉,那刻板的日子,她早已厌倦了。她爱热闹,但,那自私、吝啬、爱财如命的丈夫,压制了她爱热闹的脾气,他们的家，就连宾客也不常接待。丈夫像防贼似的防备着她和邻舍们接近，因为他们穷。他认为，和穷人一接近，只要三言两语，他的财产就会有所损失。

张老太太出生于穷苦的家庭，她体验过贫困的苦痛，也正因为如此，她也最见不得别人的贫困。她付出最大的同情与真诚对待一切穷苦的人，不管相识与不相识，她都尽可能地帮助他们，救济他们，使他们温，使他们饱，更使他们健康。她宁肯自身受苦，绝不忍坐视别人的饥寒。譬如她只有一件棉衣和一碗饭，倘若这时有一个饥寒交迫的人来向她求助的话，她会毫不犹豫地脱下那仅有的一件棉衣和把那碗饭施与向她求助的人，而自己却穿起单衣，忍着辘辘的饥肠。然而，她的精神是多么愉快呀，救济贫困，要算她不愉快的生活中唯一的慰藉了。

张老太太从父亲那里学得了医术，村中人一有疾病，就来请她诊治，她不但分文不取，更替他们去山上采集药草。这样，她不知救活了多少贫病无力医药的人。她生成的一副慈热的心肠，二十多年来，没有被丈夫的自私与吝啬变冷，她的个性已经在她生命中扎下了根，是任何力量也不会使它改变的。

她总是这样地感到：在她和丈夫之间，很显然有着一道不可填平的鸿沟，这道沟，只有一天天地加深，一天天地扩展。倘不是旧礼教的限制，他们这小家庭早已破碎了。

起初，张老财非常迫切地要求她生一个儿子——一个继承财产的后代，这要求，随着年龄的增长，一天天地更加迫切。

"你为什么不会给我养个儿子呀？难道你生来只是一个败家星吗？"张老财常常这样向她埋怨着。

而她呢？自己也在怨恨着自己：为什么不生个一儿半女的，有一个孩子，丈夫对她也许不再那样冷酷无情，她的生活也许会光辉起来。没有孩子的家庭，确是枯燥无味的呀！

但，整整十年，她没有生育过。

"这一辈子，不会有一个孩子了！"她感到自己命运的悲凉时，常常如此绝望地给自己下判语。

"他娘的，将来我的房子，我的地，留给谁呢？"于是，冷酷、无情、咒骂和怨恨，都在张老财的绝望中助长了威势，"不会养儿子，我要你这么个老婆可是当摆设？"

像这样难堪的咒骂，张老太太得经常地忍受着，她不去和张老财争吵，因为她也常常想：不生儿子，就是没有尽到为人妇的责任，这是自己理屈的地方，也正是她为人妇的一个大大的缺陷。然而，有时，在她不能忍受的时候，也就反抗两句："养儿子可也不是我一个人的事情啊！"

"你母鸡不下蛋，难道叫我公鸡去抱窝？"

这幽默的对话，有时会使张老太太忍不住发笑。张老财呢？他不笑，他是从不愿把笑脸摆在妻的面前的。

然而，当他发现妻意外地怀了孕的时候，他却笑了，而且笑得像一尊弥勒佛。他常常体贴地问："你不害口吗？"

丈夫的体贴反使她异常不安，于是她试探着问："你是要一个儿子呢，还是要一个女儿？"

"那还用问吗？我要能承继我的产业的……"

"要是生一个女儿呢？"

"那呀，那我不等她睁开眼睛，就叫她去见阎王！"

这一句未必能实行的话，使张老太太的心，像由暖房投入冰窖一样的森凉。

在她的生活上新添一种不可思议的重压：在感到失望的时候，她越感到压力大，越怕从重压下解放出来；当希望闪耀些微光明，她立刻就想从重压下爬出来。然而，那未出生的胎儿，绝不允许她，因为她非争取十个月的时间不可。

她几乎每天、每时、每刻都猜着一个不可解的谜，她的精神逐渐地疲倦了、惝恍了，这时，她神经质地了解一切。譬如，左邻右舍的女人们，若用微笑的眼睛看她肚皮一眼，她就认为那是说"你肚子里的是个儿子"；若对她肚皮沉默无所表示，她的眼前立刻掠过一道阴影，在她不安的灵魂中更蒙了一层幽暗的云翳。要是生了女儿，丈夫虽不一定忍心把她活活地弄死，但命运的不幸是已注定了，那么，这孩子不但不会给她带来一点欢心，反而会使她更陷入烦忧之中。

度过了一个冬天的尾巴，春天继续来了。那绿的，富于希望的颜色占据了人间。当张老财院心那柿子树上的果实熟透了的时候，一个小生命在母亲的痛苦挣扎中出世了，那就是现在的得福，那个一切都酷似母亲的孩子。

"是大喜呢！"收生婆把孩子接下来之后，这样向产妇报告着，她咧着嘴，好像自己得了儿子一样地高兴。

经过了死的挣扎，刚刚松过一口气的母亲，竟忘却了适才挣扎的痛苦，也不顾那还留在肚里的胎衣，她支起了半个身子，用惊异而疲倦的眼睛，探望那还未完全脱离母体的赤子。于是，她被无比的欢乐所拥抱。

丈夫的希望实现了。压在她心头的沉重的铅块熔解了。还有比生儿子更值得骄傲的事吗？还有比丈夫的温情更值得珍贵的吗？

从此，张老财流露出不可制止的欢笑。付给她比新婚时更多的温情，这一个垂死的小家庭，顿时闪烁着无限的光辉。

然而，这光辉渐渐地褪色了，他的温情也渐渐地冷落下去。几年之后，张老财发现了他的希望一天天在他的理想中走向了幻灭的暗途时，他不再欢快了，他收敛起那和蔼而满足的笑颜，复萌了故态；冷酷、无情、咒骂与怨恨，像千万支锋利的箭，又开始向张老太太的身上、心上发射。像陌生人一样漠视着他希望中出生的儿子。

张老太太常常翻开她生命史中灿烂的一页，感叹着那一去不返的日子。

如今，她老了。显然地，和丈夫已永无和谐的希望，她并不痴心期待着那过去的温情。儿子不是同样给她更多的慰藉吗？她把下半生的希望，完全寄托在得福的身上了，同时，也把所有的心力都放在得福的教养上面。得福在爸爸眼里是一只贪婪的狼，他认为将来会把他的财产吞噬掉，然而，妈妈却把他看成一棵充满了生命力的新苗，她努力保护他，免得在他爸爸的阴谋中摧折。她坚定了反抗的决心，完全拒绝张老财那满含着阴谋和自私的命令，不使儿子接受慢性的毒药去做一个自杀的愚人。

反抗的结果呢，换来了无情的报复。

得福的失学，是张老太太最感悲愤的事，尤其当她看到张老财那阴谋的、得意的笑的时候，她真想用手撕破那张阴谋而得意的笑脸，但，终于没有那样做。她又把悲愤咽到肚里。

自己的两鬓已经霜一样地发白了，她不愿意使自己衰老的心灵，再遭受残暴的打击，也不愿使这灰暗的家庭加速分裂。

她想出一个两全的办法。

在一个春日煦煦的清晨，张老太太替儿子整理好了简单的行装，没有去征求丈夫的同意，完全自主决定把得福送到远在百里外董家村的舅父家去。

当得福向爸爸告辞的时候，张老财的脸变得像一块冷酷无情的岩石，他愤怒地向着得福注视着，但对儿子的离去，他并不想表示反对。家里减少一个吃饭的人，也正是他高兴的事。

可是，一家之主的尊严，又不能不维持，他还是跺了一气脚，用咒骂把母子送出门去。

"永远别回来啦，放心吧，我准对得住你们娘儿俩，无论谁死了，只要我得到信，一定烧两张纸钱！"

得福的舅父是一位温和的老人，他不像张老财那样顽固无知，他和张老财是合不来的，虽是近亲，他们却从不往来。他住在运城附近的董家村，愉快地生活着。

得福有一个与他同年的表姐，她在运城的学校里读书。不多天，得福也被送进那个学校去了。

舅父非常关怀他的前途，他曾经向妹妹——得福的母亲表示："我愿意尽可能负担得福的教育费，莲姑受到什么教育，我也让得福受到什么教育。"

舅父非常怜爱这个安静而温厚的孩子，他那诚挚的热情，竟使张老太太感动得流出了眼泪。

换了一个新的环境，得福真是有说不出的兴奋。别了慈爱的母亲，他并不觉得怎样怀念，舅父的慈爱和表姐的纯真的友情，把他的童心烘暖了。

每天，黎明后，人们会看见两个幼年的伙伴，肩并肩地被一个温和的老人送出那朴素的茅屋。他们沿着麦田边的小径，踏着碧茵茵的草地，穿过树林，跨过溪流，迎着淡淡的朝阳，且歌且行地走向他们的学校。当太阳快落山的时候，这两个幼年的伙伴，又是那么友爱地循着原路归来，在竹篱的外边，那个温和的老人再把这两个幼年的伙伴笑容可掬地迎了进去，接着是问长问短，问饥问寒……

这情景，使得福迷恋了，有生以来——十四年的岁月中，他没有获得过像这样的温暖。他常常猜疑地想：为什么爸爸不像舅父那样和善呢？

舅父给予他的爱抚，正如自己的慈母。而表姐的友情，更是得福未曾享受过的。他们从不吵嘴，总是那样亲热地互相砥砺着。有时候，他们俩像一对小情人似的相偎相依。或者手牵着手跳跃着跑出篱笆，在草径中追逐。得福特别爱她那双敏捷的天足，走起路来，没有那扭扭捏捏的姿态。

孩子们的爱是天真的，他们相互间没有任何的欲求，因为他们还不懂得什么是爱情。不过，他们只觉得仿佛有一种什么东西在联系着，使得他们不愿意分开。每年寒暑假得福回家的时候——得福总要乘着假期回家探望父母的——莲姑就会感到孤单，得福也觉得特别无聊，慈母的爱已不够使他的心灵温暖。

有一次，村长来给莲姑做媒时，得福在一旁听着听着眼圈就红了，后来，竟藏在被窝里偷偷地哭了。他自己也不知道为什么会使得他那样地伤感。可是，聪明的舅父却猜透了孩子的心，从此再也不提莲姑的婚事。

两年多，得福在这充满着温暖和友情的环境里成长起来。他已经不再是一个孩子了。舅父的家已经变成了自己的家，而对于自己的家渐渐起了一层隔膜。倘不是家里还有一个受着孤独的慈母，他真永久也不想回去了。爸爸那一副永远像一块冷酷无情的岩石的脸，早已使他不寒而栗了！

然而，他没有料到，那一层隔膜，使他在家庭里的地位发生了动摇。

五

吉祥的父亲——张老财的远族堂弟故世之后，遗下了寡妻和孤儿，还有一杆世袭的烟枪。这烟枪照例地就传给了儿子。

吉祥的父亲死后，吉祥和衰老的寡母在贫困与疾病中挣扎着，张老太太常常瞒住丈夫去救济她，送些零用钱，给她治治病。

吉祥在张老财的眼中，是一个安分守己的而且听话的孩子，他能整天地守在家里不出门一步，他能把一个铜板攥出汗水来。他胆小，胆小的孩子是不会胡作非为的。吉祥的父亲生前曾向张老财惋惜似的说："可惜我没有家业留给这孩子，他真能守财呢。年年我给他的压岁钱，他多咱也不动用一文，你看他放在小兜里，另外加上一个别针，那钱，谁都别想要出来！"

当时，张老财也曾替自己的不幸惋惜："我要是有这么一个儿子，可就心满意足了，可惜得福不是那样的材料！"

如今，堂弟死了。而自己的儿子也早在自己的希望中毁灭。儿子总不能不有一个的。于是，吉祥的影子就在张老财的算盘珠上蹦跶起来。

"像吉祥那样的孩子，才真真合乎我生平的理想呢！"

那个贫病的老妇人为了图张老财的财产，没费中间人的三言两语，便慨然答应把她的独子过继给张老财了。不过她的条件是：张老财要负担她的生活。

这一相当便宜的条件，却使张老财费了很大的踌躇，负担一个人的生活，他真有点割舍不得。中间人猜透了他的心理，便解释说："这有什么呢，就是你剩下的饭也够她吃啦。况且，你看她那病，还能吃几天阳间饭？"

真的，中间人的话一点不错，那老妇人是没有多大寿命了，她的生活也不过是一个暂时的负担。他只好咬紧牙关答应了那个条件。

"过字"写好之后，吉祥欣然地抛弃了呻吟床褥的寡母，像新娘似的被张老财接进了富裕的家，就这样他就变成现在的得禄了。而在一个月之后，那个可怜的老妇人病死的时候，仅仅赢得了一具薄棺，那具薄棺也还是张老太太替死者争得的！

直到得禄继登了儿子的宝座之后，张老太太才知道这个家庭的变故，她忍不住向张老财责问道："你自己有儿子，为什么还要过继别人的儿子呢？"

"你说的是得福吗？哼，他是野种啊，怎么能算是我的儿子？"张老财的小眼睛，远看去，简直就是两个无限深的黑洞，就是当他翻起眼珠子的时候，也不过仅仅露出一道很窄很窄的白边。

"那么，你是不承认我的儿子啦？"张老太太平心静气地问。

"那自然咧。你说过，得福不也说过不要我的产业吗？嘿嘿，我过继儿子，也是让你们娘儿俩逼的，这可不是我对不起你们哪！"

"那么，你把得福往哪儿放呢？"

"我不要啦，干脆，连你也在内，爱往哪儿去就往哪儿去！"

张老财的冷笑和冷语，像冷箭穿透了她的心，她再没有多说一句，因为她的呼吸濒于窒息了。

从此，张老太太在这个家庭中更陷入了孤立，得禄完全和张老财站在一条战线上来冷淡着她、欺压着她。她也看不惯那盏整天摆在炕上的烟灯。双方的感情日益恶劣，张老太太在这样一个环境中还有一点生之乐趣吗？因此当她接到得福的舅父病重的消息之后，就携带着自己的衣物，没有一点留恋，离开了这个可诅咒的家，离开了敬爱她、怀恋她、替她抱着无限愤慨的邻舍们。

　　哥哥的病，已经没有什么生望了，虽经张老太太细心看护，但总不见起色，终于，在亲人们的哭声中，他永远地闭上了眼睛。

　　"我把我的女儿托付给你了，妹妹，我死后，不用我嘱咐，我知道你会加意照顾她的。至于我的一点财产，也交给你保管着，我看得福就像我自己的亲生一样，我早就说过，我要尽可能地负担得福的教育费，将来，你就把那点财产给两个孩子多受点教育吧。妹妹，我希望你能照我的话去做……"

　　这是哥哥临死前留给妹妹的遗嘱。当时的张老太太已经泣不成声了，她仅能频频地点头，而说不出一句话来。

六

　　张老太太离家后的日子是平和而愉快的，她从丈夫的权威里收回了被封锁二十多年的自由。如今，一切都可以随心所欲，再没有谁来阻挠她、限制她了。

　　不过，当回忆的巨网笼罩着她的时候，她还是有无限难言之痛的。自己没有死，丈夫也没有死，而现在，自己却无形中变成一个衰老的嫠妇了。

　　在儿子得福面前，她不愿意把往事提起，她的痛苦，是从来不在任何人面前申诉的。就是她自己，又何尝不在竭力地要把往事忘记呢！

　　如今，哥哥留给她的担子，她愿意慎重而忠实地把它担起，她要把哥哥留下来的遗产，完全花用在两个孩子的教育上面，这是哥哥的遗嘱，也正是自己无上的理想。

时代变了。

疯狂的日本侵略者，好像一只狰狞的野兽，它在审山、越涧蹂躏着、践踏着中国的广大的平原和山林，一向没有遭遇过战事威胁的山西，也竟发现了侵略者的足迹。

孩子们已经不能够再安心地读书，运城危在旦夕了。

"救亡"的声浪散播到全城，在学校里，它变成了青年学生们的主要课题。他们组织了募捐队、宣传队……在城乡奔走着，青年们的热情像火一样地燃烧着。张老太太用稀奇的眼睛看着两个在救亡中活跃的孩子，她的心充满了兴奋。同时，她也早已做了逃亡的准备，把一点房产卖给了村中的富户之后，就首先一个人搬到离石玉村不远的杨家山去了。

离着家近了，张老太太就起了思恋之情。虽然她明知那无情的丈夫早已把她忘掉，但终于抛弃了自尊心，她第一次走回家去。

别后的家像往昔一样地安乐，战事对于张老财更不曾撼动一根毫毛，所不同的只是得禄的房里增加了一个小脚婆——和她完全陌生的少妇，那小脚婆带着一个硕大的肚子。

仿佛事先讨论过对策，张老财、得禄以及那个小脚婆，一齐用冷淡接待着她。这冷淡，伤损了她的自尊心。幸而，她早已料到这结果是必然的，不然，她真要气疯的。

第二次，张老太太回家的时候，是带了她的得福同去的。

每个村落里，都被灰衣的、绿衣的军队点缀着。恬静的中条山到处都可以嗅到战争的气味了。

中条山里的农民是朴实的，在他们的意识里存在着的是春耕秋收，以及那习惯了的饥寒与贫困，除此之外，对于他们都是生疏的，甚至是可怕的。起初，他们不但对于那些军队感到生疏、可怕，而且加上了一种敌视，因为"丘八"这个沿袭下来的名词，在他们心中铸成了不可融解的反感。

可是，经过驻军的感化、宣传，慢慢地，农民们的观念转变了：他们开始理解了战争，开始和战士们携起手来。最后，他们自动地让出了窑洞、房屋，让出了米粮，解决了军队的宿营和给养两个大问题。

这时候，张老太太怀着兴奋与希望第二次走回家去……

她要去看一看那顽固的张老财有没有改变。她想，他也许像人们一样变好了，也许不再那样吝啬、顽固和自私了……

这仅仅是张老太太的希望，事实上，张老财还是原先那个张老财，家，也还是和平的，没有一点战争的气味。张老太太一走进石玉村，就有许多邻舍们向她报告："唉，那老头子，军队里跟他租房子，他把大门关起，死也不肯开呀……"

"人家跟他买粮食，他把仓门锁得紧紧的：'没有！'"

"跟他抽壮丁捐，他不但不拿钱，反而把人家骂出去啦，你猜他说什么：'等他送死回来，我给凑几个棺材本吧！'"

一路上，张老太太的耳朵里塞满了这一类的怨言。她默默地听着，失望使她的脚步逐渐地放慢。得福几次要求她转去，可是张老太太总以为既已走到了家门口，还是进去看个究竟才能死心。

照例地，张老财用冷淡接待她，得禄和那个小脚婆效仿张老财的模样。一切都和第一次的印象相同，唯独那小脚婆的肚子平了，一个像红猴的小孩抱在怀里。

张老财抚摸了一下那婴儿的小脸，再望望张老太太，他比皇帝加冕时还显得骄傲。

得福沉默不语地向张老财鞠了躬，就站在母亲身边，他没有喊他一声"爸爸"，那称呼他已经很久不用了，而且，他也早已没有那称呼的资格了。他不知道对这个从前曾经做过他父亲的老头儿该怎样称呼，这使他感到局促不安，他后悔为什么不向母亲问个清楚呢？

张老财没有冷淡长大成人了的得福，他给得福以惊异的逼视。

使他惊异的不是因为得福已经变成了这样高大，也不是得福的沉默不语的局促，而是他那身草绿色的制服。

"怎么，你也当了兵啦？"张老财的面孔和声音是严峻的。

"没有，"得福慢腾腾地回答，"我做的是政治工作。"

"什么，'正直'工作？我看你简直是走了邪路啦！'好男不当兵，好铁不打钉'，当兵的还有好种！"

张老财险些又要动火，可是他想了想，倒也值得高兴，高兴自己的先见之明。于是，他把那向砖地上刚敲了一下的烟袋锅，赶快地抽回，再拾起地上的烟丝，燃着了，就又吸了起来。

"你错了，爸……"得福刚说出了一个"爸"字，就止住了，一时的疏忽，使他沉默了半天，"……那两句格言，已经不适用于今天。今天是民族革命的战争，是打日本，你没有看见外边墙上的标语吗？'好男要当兵，好铁要打钉'，当兵的才是'中华民国'真正的英雄，真正的好国民。可惜，我还没有拿起枪杆……"得福不再局促，他竟在顽固的张老财面前做起政治工作来。他那庄严的大人气，使躺在炕上喷云吐雾的得禄，竟哧的一声笑了起来。

听见了笑声，得福回过头去，他看见得禄的下嘴唇伸出了半寸多长。他走近得禄，就在炕沿边上坐了下去。

"怎么，祥哥，你在笑我吗？"

"咄，什么祥哥，我叫'得禄'哇！"听见叫他祥哥，得禄仿佛受到了极大的侮辱，那个贫苦时代的名字，他忌讳别人提起。"得禄"才是他光荣的记号呢。因此，他在得福面前，把"得禄"两个字特别加重了语音，一方面也有向得福表示骄傲的用意。

"唔唔，失敬，失敬，得禄先生……"得福故意装出肃然起敬的样子，讥诮地说，"你是在笑我吗？那么，你以为你手里这杆枪比战士的枪更能打击敌人吗？"

"什么战士，什么枪，全是梦话……喂，丘八，我问你，你回来干什么？"得禄恶意地冲着得福又喷出了一口浓烟。

得福气得肚皮发闷，他深深地吸口气，那烟气有点使他作呕：
"放心吧，我不会来和你争产业的！"

张老财一直怒视着得福，最后，他忍不住地骂了："滚，滚吧，
你这丘八，中条山简直让你们这群东西造反啦！想在我的家捣乱可不
行。滚，滚！"他的脚又狠狠地跺着砖地。

"对啦，两个山字垛一起！"得禄把烟枪往烟盘子上一掼，作威作
福地说。

血气方刚的得福，受了这样的侮辱，他感到不能忍耐了，他真想
砸碎得禄的烟盘，然而，母亲用眼色阻止了他。

母亲带着愤怒的儿子，沉默无言地走出大门。张老财的态度，像
一片荒旱的田禾似的使她绝望，这绝望，也反而使她泰然……

七

在无边无际的峰峦的顶空，寂寞地掠过各种各样的飞禽。峡谷里
错综堆积着山洪冲下来的碎石。

几天没有落雨了，山水已经不那样汹涌，它们潺潺缓缓地在峡谷
中和岩石的隙缝间流着，看去像一条蜿蜒的长蛇。

在台地上，在不可多见的原野上，麦子将要成熟了，风吹着它，
好像拥挤着的海浪，黄金色的麦芒，在强烈的太阳光下一闪一闪地亮
着，而且愉快地吹着哨……

除此而外，一切都仿佛夜一样沉寂。

张老太太第三次走回石玉村来。

石玉村经过一次突然的骚乱，刚刚平静下去。广场、草径、房
院外以及走向山里的大道上，都还遗留着牛马的粪便。麦粒，谷
子，牲畜的草料，鸡鸭的羽毛……分散地，点点滴滴地，在到处飘
零着。

石玉村的风景依旧。可是到处都不见人烟。家家的门窗都紧闭着。张老太太好像一个深夜归来的旅人。一路上，她没有遇到一个熟人，没有遇到一个旧日的邻居。她只是寂寞而匆忙地走着。面前展开寂寞的山峦和麦的海，它们在烈日下发着寂寞的光，用同一的、细微的声音呼唤着培育过它们的主人。

　　石玉村空虚了，这空虚虽然是初见，但，并没给张老太太一点惊异，她早知道，这是必然的。

　　在土质松软的路上，乱杂地堆积着人们的脚印，牲畜的蹄痕，以及小轮车的轮迹，那里面，仿佛还遗留着人们怀恋的心，难舍难离的泪滴……张老太太低着头搜寻着，那里面有没有张老财的什么痕迹……

　　突起的炮声，使她本能地抬起头来，一片黑色的大门，遮断了她的视线。她更走近一些，把耳朵贴在门缝上倾听了一会儿，里面没有声音。门是紧闭着的。她用手轻轻地敲了两下，她希望不要得到回声，可是，门里边偏偏有人搭腔了："谁呀？"声音是疲倦的，脚步声也是疲倦的。

　　张老太太熟悉那疲倦的声音，那是当张老财在盛怒之后，或在极端烦闷的时候必然的现象。她心里在想："呀，这老头子，他真的没有走哇……这个守财奴！"

　　等到那疲倦的脚步声临近大门的时候，张老太太又把门扇轻轻地敲了两下，这回那疲倦的声音里含着怒意："唉，让我安静一会儿不行吗？命，是我自己的……我老头子不怕死，干吗一定要逼我走呢？就是空室清野呗，我一个老头子也占不了多大地方，何苦总来找我别扭……"张老财不等门外的人回话，就断定了又是什么村中的自卫队来劝他撤退了。啰唆什么呢？老子偏不走，难道你们敢拖着我走不成？他心里打定了主意。

　　站在门外的张老太太静静地听着。远处逐渐加紧的炮声，时而把张老财的语声埋没。她一直没有答言，直到听着那疲倦的脚步声向后转的时候，她才喊道："喂，把门开开吧，是我，是我……"

在万分孤寂的当儿，张老太太的归来，使张老财感到意外的惊喜。

黑色的门轻轻地开了，门里边露出了一张憔悴而苍老的脸。这一次，张老太太没有遭到那冷漠的接待，她在那张憔悴苍老的脸上，仿佛看到了一丝微温的感情。

当她经过仓门时，她特别注意了一下那挂在仓门上的铁锁。锁，还是原来的那只，她的心稍微感到一点轻松。

"你没有听见炮声吗？"张老太太淡淡地问。

"听见……"

"好像很近的样子，这回，石玉村怕要遭劫啦！"

"没有的事，石玉村是块福地，看风水的吴半仙早就相过……"

"你觉得吴半仙的话靠得住？刚才我走过他家门口的时候，里面鸦雀无声，他早走啦。他自己都信不着自己，你倒要信他的鬼话！叫我看，你还是躲一躲吧……"

张老财用力摇着他的头，又现出了不屑的神气："石玉村是福地也好，不是福地也好，不管怎的，我总信得着我自己的命运……算命的，批八字的，哪个不说我张老财准享一辈子清福？唔，不错呀，我张老财活了五十岁，遭到什么劫？别人不知道，你还不知道吗？就凭我这寿眉吧，顶少还不活他七八十？……"

提到他的寿眉，张老财的脸，立刻浮出一种朝气，他用手指轻轻地顺了顺那生在眉间的几根寸多长的毫毛，又沾沾自喜起来。

张老财爱惜他的寿眉，正如爱惜他的财产一样。"千万不要把它弄断哪，它一断你的寿命也就完了！"他深深地迷信着相面先生的话，从生了这几根寿眉起，十年来，他总是小心翼翼地保护着它，甚至当洗脸的时候，他的手都要绕过他的眉毛，不使它遭到一点摧折，因此，在他眉毛的周围，留着一圈晦暗的污迹，使得整个眉毛失去了光泽。有时，张老太太说他的眉毛太脏了，他会郑重地回答："这样

119

才能保它不掉哇，我不洗眉毛像不刷牙一样，牙锈越多，牙也就越结实。"

寿眉，是张老财生命的铁的保障，只要寿眉不断，他确信，一切灾难，都不足致他死命的。

用什么方法才能说服这个顽固的老人呢？对于他，张老太太已用尽了脑汁，用尽了语言，最后，感到束手无策了。好在，像这样一个老头子的生与死，对于人类都是无足轻重的。不走，就任他留下吧。然而，他那满仓的食粮，却是一个极大的祸苗。现在，张老太太是在计划着怎样来消灭他的食粮，而不让敌人受用，她之来，也就是负了这样的使命。

"妈妈，只有你，才能担负起这样工作。"由军队转到石玉村的自卫队的儿子得福，把这使命托付给年老的妈妈，并且交给了她一个精致的小瓶："这是件宝贵的战利品，必要时，你把它洒在粮食上……"

这一个必须完成的使命使她作难了。她一面和张老财搭讪地谈着闲话，一面把手伸到衣袋里摸弄着那个精致的小瓶和那把在家时曾经用以偷窃张老财的粮食去济贫的仓门的钥匙——和张老财永远深藏在贴身衬衣袋里一模一样的钥匙——她踌躇着：万一敌人不来，这样做，不是太可惜了吗？

她的心开始在狂跳，她感觉脸上也有点灼热起来，那个深藏在内心里的秘密，已经开始向外宣布了。

断续的炮声越来越近了，窗纸像震骇的心，不规则地跳动着，同时，发出一种不安的喘息声。张老财并没有一点惊骇，他依然斜倚在炕上悠闲地吸着旱烟，缕缕的青烟飘绕在房里，它像张老财一样地悠闲。

张老太太却是再也不能镇静下去了，不是为了那炮声，也不是为了那行将到来的敌人，而是那个最后的决心使她压制不住内心的冲动，使她的脸色由红变青。

她两只手揉摸着肚子，做出极端痛苦的样子。

张老财问："怎么肚子疼？"

"是呀，"张老太太皱着眉头说，"已经……泻肚三四天啦！"

说着，她就站了起来。当她走到房门口的时候，故意回过头来问张老财："茅房还是在仓房后边吗？"

张老财点了点头，笑着说一句俏皮话："粪能挪坑，我的茅房可不会搬家……"

她没有听见他的讽刺，她一直按着肚子跑向仓房。

仓房的屋盖上刚刚铺过一层新草，它以崭新的姿态在和主人的住宅遥遥相对着，在它们两者中间，有不少柿子树，那繁密的枝叶，仿佛筑了一道厚厚的墙，它遮蔽了张老财的视线。张老太太很有把握地想："就是那老头子出来，也看不见我的……"

走到仓门，她停下了，用颤抖的右手拿出那把久已不用的、生了薄薄一层锈的钥匙，因为手抖得太厉害，半天才找到锁孔，仓门终于悄悄地开了，她敏捷地钻了进去，又轻轻地把门掩好。

这时，她的眼睛已经冒出了点点的金花。她拿出那个精致的小瓶，去了塞子，急急忙忙把瓶里的液体，一滴一滴地洒遍粮食上。然后打开门，丢下一根燃着了的火柴，看都没看一眼，回头就跑了出去，照样又把仓门锁起来。

她脚步瘫软地回到房里，立刻就和张老财告辞。

"你不能多待一会儿吗？"张老财说，这老人，犹在梦里。

"不能，我有病，我也有事呀！"她一边走着一边说，声音是很不自然的。

"哦，你惦记你的干儿子——听说，你的干儿子可真不少，你变成大兵的娘啦！"

张老财的话语里含着讥讽与妒忌。但，张老太太没有听到，仿佛什么东西塞住了她的耳朵。

她慌乱地走出了那黑色的院门，她的心才仿佛着到点边际。

太阳在西边的山顶上闪着残余的光。时候已经接近黄昏。张老太太匆忙地循着原路归去，她没有来时那样安静了，她是兴奋中央杂着一点慌恐。一直走出了四五百步，爬上一个高岗，她才有回头望一望的勇气。

在她所注视的地方，浓烟像暴风雨前的黑云似的卷腾起来……

八

张老太太越走越远了。在那所死寂的房院里，抛下了那个孤独的老人。

于是，疲倦、烦闷，孤寂……又一齐席卷而来了。

于是，会玩会笑的孙子、只顾老婆孩的得禄、大兵的娘、被逐出家门的儿子、孙老二的辱骂、自卫队的劝告、房院、田庄、装满的粮仓、寿眉、钞票、得禄牵走的两匹小毛驴、慌乱的逃难之群……数不尽的人和物，数不尽的影子，像海里各式各样的鱼类，在张老财的脑子里盲目地游着。

"不管怎样，我老头子总是孤独的呀！"

张老财坐在门槛上悲凉地自言自语着。同时，一口接一口地吐着寂寞的烟圈。他一生，只是抽烟这么一种嗜好，想不到，这烟袋，如今竟变成他孤独中唯一的伴侣了。

烟圈在他的眼前逐渐扩展开去，渐渐地消散了，不，是让更浓厚的烟吞噬了，这烟不单刺激着他的眼睛，而且，他的鼻子嗅到了炒煳米似的香气。"是谁家把饭烧串烟了呢？"张老财想，"不，都跑了呀！真是见鬼……"

对面，在柿子树的那一边，已经有火光在闪了，那既不是炮火，也不是暴风雨中的闪电，因为天是晴的，炮声还在远处震响。是什么呢？张老财用力揉了揉困倦的眼睛。火光更大了，浓烟已弥漫了黄昏的天幕。他惊愕地站了起来，连忙穿过树丛，树枝划破了他的脸，他没有觉得疼痛，一直奔向起火的仓房。在烟与火的交织中，张老财像一个扑灯蛾，东一头、西一头地乱窜乱喊："啊，火，火呀!"

"救火，救火!"

"我的仓房! 我的米，快呀……"

他疯狂地吼叫着，他已经不知怎样是好了。他跑到大门口，鲁莽地拉开了门扇，向着旷野，向着远山，拼命地喊叫，他的声音已经嘶哑了!

"救火，救火……"

没有人影，也没有人声，除了远远的模糊的山顶上有个哨兵在活动，一切都是寂静无声的。

"救火，救火……"张老财好像听见了这样的反响，然而，仔细倾听了一下之后，才知道那原来是自己的回音。在急难的时候，张老财仍然是孤独的。

在慌乱中他来不及关好大门，就掉头向火场飞奔，他拿了仓门的钥匙，预备打开仓门跳进火坑去抢救他的粮食，但他已经找不到仓门的所在，整个仓房陷入火的包围中了。火光照红了半个天，还发出了爆竹般的脆响。

整整跌了三个跟头，他才跑到灶房，他满满地舀起一大瓢冷水，再跑回去泼向烈火中。那正如苦旱中的一滴露珠，是完全无济于事的。这时，他的周身早被汗水沐浴，像跌入火坑，那焦热使他的神志迷茫，他已精疲力竭了。当第二次把水舀来时，一跨出门槛，他便昏倒了，水泼到自己的身上，水瓢甩出三丈多远。

夕阳从山顶上隐没了，天边弥漫着五彩的云霞。迫近的炮声把张老财惊醒过来，他好像做了一个噩梦。天边的五彩云霞，他还疑是火光，"救火，救火!"他喊着，但，他的仓房，早已在烈焰中化为灰烬了。

周身的筋骨仿佛在肢解。脑袋里像注入了水银。汗和水弄湿的衣服紧贴在他的皮肤上。他勉强地挣扎起来。

火场上还在冒着余烟。那茅草的仓房不见了，靠近仓房的两株结了实的柿子树完全焦枯了。张老财伛偻着酸软的腰，踏进未熄的灰烬中，那带着浓重香味的烟，呛得他不住地咳嗽。点点的泪流下来了。

　　"一滴血，一滴汗……"

　　他一面细心地拾着那一颗颗滚热的米粒，一面在悲哀地自语着。他的心从来没有这样疼痛过，他也从来没有这样哭过。

　　半焦的、未焦的，凡是没有化成灰的，他全把它一颗颗地拾起。当他的米袋塞满了的时候，月亮已经挂上中天，炮声更近了，而密集的枪声，也可以清晰地听到了。

　　张老财仿佛什么没有听见似的，趁着清明的月色，他又寻来了一条米袋，在继续地努力搜寻，终于，极度的疲倦和烟热的烘烤，使他软倒下去。他的神志还很清楚。但他怎么也猜想不出这起火的原因。

　　"难道这是天意吗?"

　　他仰视着天，像询问着月亮。

九

　　敌军密集的炮火，彻夜不停地轰鸣着。黎明时，石玉村已经发现了敌人，而那所并不宽大的院落也被敌人侵入了。那时，作为房主人的张老财还酣睡在灰烬旁边说着谵语。

　　人在叫，马在嘶鸣，牛在痛苦地哀号。张老财被这些震耳的骚音惊醒，他的身子仍然是瘫软无力。当他的沉涩的眼皮刚刚张开一条缝时，一个东西向他飞来，沉重地落在他的面前，他惊异地睁大了眼睛梦寐般地端详好久，才看出那是一只鲜血淋淋的牛蹄。

　　牛的哀号提醒了他，他翻身爬起来，向着牛棚奔去。牛棚外，他发现了六七个武装不整的兵，在那里乱笑乱叫着。张老财愤怒了，他不顾一切地冲了过去，他看见他的两只耕牛正卧倒在地上号叫，八只蹄完全不见了，鲜红的血正从它们那血肉模糊的蹄胫上向外涔流。于是，他跳着脚痛骂起来："你们这群土毛寇，烧完了我的粮，又来杀我的牛！"

他的余音还不曾散尽，一只穿皮靴的大脚，踢到他的胯骨上了。

"…………"

张老财听不懂对方的话。他像他的耕牛一样滚倒在地上。然而他并不号叫，立刻又倔强地爬起来，再冲了过去。第二次，他又被踢倒了，他的手触到了一只微温的血淋淋的牛蹄，这回，他痛苦得几乎哭了。

不等他自己爬起，就被一个兵拖了起来。是那样的鲁莽，那样的横暴，张老财的骨节几乎被拉断。从那莫名其妙的话语里，张老财才开始惊觉，这黄色的凶残的一群，原来就是人们整天在传说着的敌人——杀人不眨眼的鬼子兵啊！

张老财是第一次看见残暴的敌人，也是第一次遭到敌人的残暴。然而，仅是这第一次，已足使他漠视一切的顽固的头脑开始活动了。

如今想起来，那些杀人、放火等的传说是多么骇人哪！张老财再也不敢倔强了，他顺从地爬起来，过度的颤抖使他的两腿失去了支持力。这时，他又看见从他的房子里走出来七八个同样的人，他们端着上了刺刀的步枪像在搜索着什么。

"这个的，有？"拖着张老财的敌兵，用手指做着八字，把那狰狞的面孔伏向他的脸间。

"小脚婆吗？唔……没有……"张老财连连地摇着脑袋。

"说谎的。没有？"敌兵的手势没有改变，突出的牙齿，像要咬张老财的鼻子。

张老财机警地向后一闪，又把脑袋连连地摇了摇。

"那么，这个的，"敌兵指着自己张开的嘴，"这个的，有？"

张老财狠狠地抓搔着耳朵，他恨它太不中用了。

他在痛恨的东西，竟成为对方发泄的目标，那个敌兵用硬邦邦的手扯住他的耳朵。

他的怪样子触怒了对方："八嘎牙鲁，这个的没有？"他的嘴动作起来，做着咀嚼的样子。

张老财恍然了，他一边抚摸着又烧又痛的耳朵，一边连连点头，随后，他把他们引到灶房里。

灶房已经被搜翻过了，凌乱不堪，盆碗狼藉在锅台上，柴草拖了满地。他打开了柜橱，端出了昨天早晨剩下来的半瓦盆小米稀饭，战战兢兢地递过去。然而，对方眼睛一翻，手一挥，那只油光光的瓦盆从张老财的手上落在油光光的水缸里，瓦盆碎了，水缸也发出了破裂的响声，缸里的水涌流出来，浸湿了满地的干柴草。

他痛惜着那父亲留下来的水缸和瓦盆，更痛惜那半盆黄澄澄的稀饭，从昨天，已经滴水没有入口，他早已感到有点饿了。"不吃，为什么还要把它打翻呢？要不然，自己不是可以饱餐一顿吗？"他不满地想。

"好吃的，拿！"对方又提出新的要求。

张老财不再摇头，也不再点头，他对于这种莫名其妙的语言，实在感到惶然不知所措，他的耳朵和胯骨还在热辣辣地作痛。他用畏惧的眼神斜视着对方凶狠的脸，他在提防那只沉重的大皮靴……

三个敌兵笑着跳着冲进了灶房，一个提着两只鸡，一个捧了一篓鸡蛋，另一个牵了一只咩咩直叫的小羊。那小羊张老财认识，那是东邻钱四嫂的，它出生还不到一个月，如今竟做了敌兵的俘获物了！前两天，不是还看见它在门前草地上随着那只母羊吃草吗？张老财又想起被割去了蹄子的两只耕牛和那刺心的号叫。

号叫声突然大了，张老财在不安地跺脚。灶房已经被敌兵塞满，他被挤到角落里，他想跑出去看看那两只可怜的老牛，然而，他不敢，那些只可怕的眼睛尖狠地盯住了他。

一只水桶掷在他的脚边，一个敌兵指指外边，又指指水缸。他马上会意了，他提起水桶，又在壁角下找出了另一只水桶，当他在灶前把扁担找着的时候，那只扁担不知什么时候已经分作两段了。

他只好忍着心痛提了一只水桶走出灶房。一个敌兵迎面走来，手里捧着一块鲜红的牛肉，另一只手里拿着一把沾着血迹的刺刀，那闪着光的凶器，使张老财的每一根毫毛都竖了起来。他立刻感到他的老牛的不幸，他决心要跑去看个究竟。但他刚把脚向着牛棚的方向移动了两步，又赶快转回来，他发觉那个凶残的敌兵正跟在他的身后。

当他像一只驯顺的羊，垂着头懦怯地走出了大门，直向门前不远的小溪走去的时候，他那无神的眼睛，立刻又触到新的不幸，简直使他悲痛得要昏倒了。

雾一样的烟弥漫在空际，弥漫在无边的麦田里。在远处的田野上，火正在疯狂地燃烧着，火势乘着南来的热风，向着北方广布开去。火焰的后边留下了一大片焦枯的荒地，那荒地逐渐地扩大，将要成熟了的饱满的麦穗全让火焰吞噬着，而张老财所有的麦田，早就化成了云烟，存在的只是那石块砌成的矮矮的围墙还在那劫后的田野里挺着坚强不屈的胸脯，在瞭望着无尽的火海……

张老财变成了一个幽灵，他少魂失魄地挪动着脚步，两只脚轻飘飘的，像要腾空了。水桶从手里脱落下去，他不觉得。敌兵在身后的吆喝，他没有听见，他的耳朵已经不能再听，他的眼睛已经不能再看，他的脑子也已经不能再用了，他的嘴，只在疯狂而反复地自语着："天哪！天哪！……"

遭受重大刺激的张老财，他疯了吗？没有，当他的屁股挨受枪柄的沉重的一击之后，疼痛又把他唤醒。他还知道谨慎地拾起水桶，走到小溪边，汲了一桶水，谨慎地提着走回灶房。一桶，两桶，他足足提了四桶水。

鸡、牛、羊和鸡蛋在锅里蒸发出混合的香气。张老财发现房里的桌、椅、窗框都被敌兵当柴烧了。这比起他的粮仓，比起他的麦田，比起他的两只耕牛来，对于张老财，已经引不起什么痛惜之情了。在心里，他偷偷地咒骂："强盗！横行吧，你们总要遭报应的！"

当敌兵在树荫下大吃大嚼的时候，他也不敢离开一步，他被迫坐在一旁的太阳地里，看着他们吃，听着他们叽里咕噜地谈笑。像那样几乎他生平都没有吃过的美味，并不能引起他的食欲，一看到那一大块一大块的牛肉，他简直恶心得要呕吐了。

他的眼圈出现了青色的圆环，使得那两只原来就像两个黑洞的眼睛更加深陷下去。脸上已折叠出显眼的皱纹，连胡子也好像失去了光泽。两天来的磨难，使他衰老了十年。

炮声渐渐停息了，在间歇的枪声里，敌兵还在往复不断地忙碌，一批携带着武器回来了，一批又携带着武器走出去，直到黄昏的月亮升起来的时候，他们才又开始晚餐。

窗口、房门口都架起了机枪，院子里也派出了岗哨，二三十个敌兵在张老财的房子里横七竖八地睡去，他被抛弃在院心，像一只丧家狗似的，没有安身之处。

他胆怯地走到两只老牛的身边，一只牛已经被宰割而死去，另一只还在痛苦地呻吟，狼狈地，在露天里昏昏沉沉地睡去……

十

两天以后，敌军开始溃退下来。

张老财的房子里还盘踞着二十多个残余的敌兵，他们整天在村子里到处搜索着。石玉村里的所有几乎被他们搜刮殆尽，鸡、鸭、牛、羊……凡是好吃的东西，都被他们匆匆忙忙地大吃大嚼了。这天傍晚的时候，他们又搜出来一罐子高粱酒和两个哭叫连天的女人。

女人的声音已经嘶哑，她们在五六个敌兵的包围中被拖进了张老财的大门，虽然那已经是两张涕泪模糊的脸，但张老财还能辨认出来：那是住在村东头一个快要坍塌了的土窑里终年和贫病搏斗着的顾大娘和她新寡的女儿。

顾大娘已经是五十开外的老太婆了，她气息微弱地哭着，挣扎着，但终于被拖进房里。

那年轻的寡妇，还企图从两个敌兵的手里挣脱，乱蓬蓬的头发遮掩着她的脸，嘴角翻着唾沫："强盗！不要脸的！杀了我……杀了我吧！……"

她用那尖长而锋利的指甲抓破了敌兵的脸，红色的破痕在向外渗着鲜血。张老财看着敌兵野兽般的眼睛，他真替那个寡妇捏一把冷汗。他心想："这样闹，一条年轻轻的小命可就完了！"

年轻寡妇的哭骂声，惊飞了树枝上的雀鸟。她竭尽所有的力气，来维护她的节操。她的浑身衣服都被撕烂了。

"喂，你的这边来……"一个敌兵向张老财招手呼唤着。

张老财吓得牙齿咯咯直响，他前进两步，又退回去。

"来呀，你个老王八！"敌兵瞪起发红的眼睛，第二次呼唤着。

张老财畏缩地走了过去，他几乎抖作一团。寡妇的全身被几个敌兵强暴地压制着，虽然她还在挣扎，但除了两只脚还能左右摇动外，她怎么也挣不脱了。她的两只手呢，早被一根麻绳缚住。这时，张老财被迫着跪在寡妇的头顶上，于是，那绑住的两只手就交给了他。

"你的，用力……"敌兵挤眉弄眼地向着张老财做个鬼脸。

张老财心里明白是怎么回事。他本能地把两手背到身后。但，敌兵立刻收敛起鬼脸，指指闪光的刺刀，又指指张老财的胸部。

死的恐怖使他不得不屈服，他弯下腰，按住了寡妇冰冷的手，立刻，一口唾沫吐在他的脸上："呸，张老财，你不是中国人吗？你也有老婆，还有媳妇……你这畜生，你这汉奸……"

四只手抖索在一起。张老财挨了寡妇的恶骂，心像撕裂一样的痛。在魔鬼面前，他没有办法向那寡妇倾诉他的冤苦。他只能把头埋进胸窝里，闭紧眼睛，低声说了一句："唉，你叫我怎么办呢？"

他的泪从眼缝里挤出来，滴在寡妇的脸上。

敌兵兽性的眼睛和姿势，吓得寡妇尖叫起来："我不能，我不能让鬼子糟蹋呀！我的当家的拼死在鬼子手里啦……我怎么能再让鬼子糟蹋呀，张老伯，救救我，你杀了我吧，我不能……"

然而，张老财有什么办法呢？刺刀，死，恐吓着他，他是连手都不敢松开的。

　　起初，那寡妇还在不停地叫骂，在三个敌兵兽性地轮流蹂躏之后，她的声息已渐渐微弱，结果，她昏了过去，她是那样地任从摆布了。

　　寡妇已被放开。张老财还像呆子似的跪在那里。一个敌兵把他提拎起来，猛力一推，他便像根立不稳的石柱倒在寡妇的身上。

　　"你的来！"敌兵淫荡地笑着。张老财蠕动半天才从寡妇的身上爬了下去，他的膝盖跪得失去了知觉，已经不能站起来。

　　受了张老财的高压的寡妇，曾一度苏醒。在声嘶力竭的叫骂中，她被几个敌兵抬到柿子树下，于是，他们开始忙碌了：

　　首先，他们拿来几根比指头还粗的麻绳，再由两个敌兵爬上两株树上，用力把那两根——属于两株树上的——相距六七尺的粗大的弹性很强的树枝攀拢来用麻绳束在一起。那个一度苏醒而又陷入昏厥的寡妇的两腿已经绑上两条绳子，另一端投到树上的两个敌兵的手里，然后把她倒系上去，又把两条腿分别地缚在两根树枝上，然后两个敌兵由树上跳下来。

　　被倒悬着的寡妇的脸，由灰白而转红，而紫、而青、而黑了。一个敌兵举起枪上的刺刀割断了缚住两根树枝间的绳子，于是，那两根解放了的树枝，仿佛箭发后的弓，突然回复了固有的姿势，就在它们回复的一瞬间，敌兵们开始鼓掌哄笑起来，而那寡妇完整的肢体分裂了……

　　屋里边，在病中的顾大娘也被蹂躏死了，她的尸体蜷曲地被抛弃在墙外的茅草堆上。

　　张老财，像尊腐朽的偶像，倚靠在墙角下，他揉揉两眼，不相信自己是在清醒着，他昏昏沉沉地想："我莫非是梦游十八层地狱？"

　　这分明是白天。虽然太阳已逐渐西沉，而在树叶间还残留着未尽的余晖。房屋、土地都是自己祖先的遗产，树也是祖先培植起来的。

不错，一点都不错，自己分明还在人间。

那两株树造了什么孽呢？竟也蒙上了杀人的罪名。

那个浴血的被肢解了的寡妇还在树枝间静静地倒悬着，她是再也不会叫骂了，倘如她不那样泼辣，也许能保全住一条年轻轻的生命吧？

想到这，张老财觉得那寡妇未免有点愚蠢，叫骂了一阵，终究还是死，而死后又没能落得个清白之身……

空酒罐子从窗口飞了出来，在张老财的面前砰的一声粉碎了，蹲着苦想的张老财被吓得跳了起来，他顺势靠着墙站住，想继续想下去，可是他再也找不到头绪。

房子里好像受惊的鸟巢似的，掀起了疯狂的鼓噪：哭声搅和着无节制的哗笑，是唱、是号也分不清，地在震撼着，仿佛世界末日即将来临！

张老财已经是头昏脑涨。他想，他们为什么也哭了呢？是为了那个不幸的寡妇吗？……

夜空挂出了无数盏小巧的灯笼。疯狂的鼓噪被掩盖在夜的羽翼下鸦雀无声了。敌兵有的又开始了严密的戒备，有的像死尸似的横躺竖卧地睡着了。

张老财游魂般地走进了牛棚，两条牛全死了，如今，这空的牛棚，已经做了他的卧室。

今天，那经他一粒一粒从灰烬中捡拾起来的，经过了火的洗礼的一米袋粮食也快让敌兵吃完了。现在，除了那一片焦黑的荒田和一所破碎不堪的房院而外，还剩一条不能自主的老命。

"勾魂牌触着鼻头，死是死定了！天保佑：只要不像小寡妇那样惨，就算是造化……"

他侧卧在牛棚里，疲困让他睡眠，死的恐怖偏让他清醒。他想抽袋烟，解一解这难解的围，但是，烟袋不知丢在哪里了。后来他的手下意识地摸到那几根寿眉上。

"只要寿眉还在，阎王也没办法！"

可是，一翻身，他的自信就被死给摔倒了！

死，总像张老财自己的影子似的跟定了他，他感到再也不能忍受下去，要是再待两天，不死也会发疯了。

死的威胁引起他逃生的欲望，可是敌兵戒备得那么森严，怎样才能逃得脱呢？

一有了这个意念，他就怎么也摆脱不开了，这反而又增加一层烦恼。水银般的月光注入了牛棚，似乎给予张老财一点不死的希望。他爬起来，他听到一片粗重的鼾声，那鼾声越来越响了。他赤着脚，悄然地走出牛棚，在月光下，他看见那个鬼子哨兵抱着枪直挺挺地倒卧在地上，睡得像死狗一样，他的鼾声和房里的鼾声唱和着，仿佛霹雳都不会把他震醒。

他鼓起生平没有过的勇气，走近那沉睡的哨兵，一股刺鼻的酒气向他扑来，他这才明白：那不是正常的睡，而是醉了。醉了是不容易一下子醒转的，这就更坚定了他逃走的决心——这个宝贵的时机是不能轻易放过的。

他蹑手蹑脚地走到大门口，轻轻地拉掉了门闩，当那门扇刚刚欠开半尺多宽的缝隙时，门枢像故意跟张老财为难似的，竟吱的一声响了，他的心一直跳到喉咙，浑身都被寒流通过了。他立刻停止了动作。然而，这是一个不必要的虚惊，那个鬼子哨兵依然像死狗一样地睡着。

他压住了狂跳的心，紧按着门扇，侧着身吃力地挤了出去。他没敢把门扇合拢。倘如再发出第二次声响，也许已经逃出了一半的生命，会马上完结的。

在门外的墙角边稍微听了一下门内的动静，当他证实了鼾声还在继续之后，他便拼命地向着旷野飞奔起来。他顾不得衰老，也顾不得脚心的刺痛，至于那些产业，他更顾不得了。不幸得很，他还没跑出一里路，迎面便有人来了。那个魁伟的影子，使他陷于慌乱。他不知怎样才能逃过这个人的视线，他认定，那一定是一个鬼子哨兵。他匆忙地伏卧下去，不顾一切地爬到附近的草丛里，用手堵住嘴，眼睛盯住那个越来越近的高大的人影。

他有点后悔了……

黑色的巨影向前移动着，好像一个幽灵似的，没有一点声息，然而，他分明是向着草丛走来了。随着人影的逼近，张老财的心跳更加紧了，他抖作了一团，死的恐怖又把他紧紧地、紧紧地罩住。

那个人越来越近了。张老财俯卧着一动不动，他索性闭起眼睛静待那迫在眉睫的灾难。

他诅咒着月亮，为什么要这样亮呢？要不，一定可以逃避那个鬼子的视线的。

"不许动！"

月亮是可以发掘秘密的，张老财变成了土色的白布裤褂，也竟被那个人搜寻到了。那人声音不大但是严厉的命令，使屏息着的张老财禁不住地叫了出来："完了！"

那个人紧握手枪，把枪口对准张老财的头："不许叫！"

抓住领口，一下子就把像一摊泥的张老财提拎起来。那个人用灼灼发光的眼睛盯了一会儿，接着冷笑一声，立刻从衣袋里掏出一根麻绳，把他的两手背在身后绑了起来。

"哦，原来是你，老东西！你起誓发愿不做汉奸，现在，你玩的是什么鬼把戏？"

那声音是那么熟悉，当他辨识出那个熟悉的面孔时，他冷僵的心已恢复了一半的温度。对方的话，他还没来得及在意。

"哎呀呀，孙老二，你简直……把我吓死啦……你……"

"你说，"孙老二摇着张老财的肩头逼问，"你这是玩的什么鬼把戏？快说……"

"唉，唉，孙老二，你的话我简直不懂……为什么要把我绑起来呢？放了我，叫我逃生去吧！"张老财乞求着，他的眼泪都快流下来了。

"放你？可没那么容易。你说实话吧，你现在是不是给鬼子做奸细？听说，你那里住着不少鬼子兵，不是吗？"

"要不，我为什么要跑呢？唉，唉，孙老二，别开玩笑啦……我是中国人，我死也不能给鬼子做奸细啊，你，你放了我吧……"

"先别忙，让我来翻翻再说。"孙老二把手枪别在腰带上，开始在张老财身上搜索，当他摸到张老财的裤带上的袋子时，他发现了一沓很硬的东西。

"这是什么？"

"唔唔，那是，那是……"

"那是什么呀？"孙老二生气了，他动手去解那袋子。

"唉唉，孙老二，你不能把它拿去，我什么全完了！就只有这一点了……孙老二，你可怜可怜我……你……"

张老财的泪已经滴下来了。孙老二解开了那袋子，一看，那原来是一沓崭新的钞票，他又照样地塞了回去，笑了。

"张老财，我不能耽搁时间哪！你说实话，你的院子里住着多少鬼子兵？你深更半夜跑出来干吗？"

"唉，你问我，我也说不清人数，他们整天来来去去，大约总有二十来个吧。吓，可凶啦！今天在我的院子里就糟蹋死两个女人，你认得吧，就是村东头的顾大娘和她的寡妇女儿呀！"一说到这儿，张老财的汗毛都竖起来了，"唉，可别提啦，那寡妇现在还倒吊在我的树上呢，肠子，血，唉，我简直不敢想……"

"不，不，你别讲那些，"孙老二截断了张老财的话头，"你先告诉我，鬼子可放了哨吗？"

"怎么不呢？连房门口都架起了机关枪，防备得可严啦！"

"那么，你怎么跑出来的呢？"

"鬼子们全喝醉啦，那个把门的像死狗一样倒在地上睡着啦，趁这时候，我就悄悄地开开大门……唉，孙老二，修修好，你放了我吧，大门还开着，要是那个鬼子兵酒一醒，他一定要来追我，我的命一定完蛋！孙老二，你修修好，我什么全完啦，让我留下这条老命……"张老财竟跪了下去。

孙老二抓住领口，张老财的膝盖又离了地。

"这样吧，"孙老二沉思一会儿说，"你陪我回去一趟，弄清楚了，我就放了你，你的命我来担保，放心吧。"

"唔，那怎么行呢？别开玩笑吧……"张老财惊愕地望着孙老二坚决的脸，"你让我回去送死吗？就是你，也犯不上自投虎穴呀，我看，咱们哥儿俩一块儿跑了吧……"

"不，你一定要陪我走一趟，不然，我就毙了你！"孙老二把手枪颠了颠，坚决地说。

在手枪的威迫下，张老财不敢迟疑了，他哭丧着脸一边走着一边颤声颤气地说："唉，孙老二，你这是什么意思呢？走了，你为什么还要回来，是因为我骂了你，你来找我报仇吗？……唉，你倒是松开我的手哇……"

孙老二冷笑着解开了张老财手上的那根麻绳，拍着张老财的肩头说："张大哥，你别胡思乱想，大丈夫还能计较私仇吗？我回来不是找你报仇，是替你报仇的……听明白没有？"

张老财听不懂孙老二的话，他还在莫名其妙地一步一迟疑，突然，他惊叫起来："喂，不好，你看那面有人来了！"

孙老二吓得停下了脚，然而，当他看清了之后，笑着说："那是一棵小树啊……"

"不，那一定是个鬼子兵，你看他不是追我来了吗？"张老财做出要向回跑的姿势。

"你大惊小怪什么呢！"孙老二拉住张老财的胳膊说，"风一吹，树还能不摆动？快走吧，别误了正事。"

夜风有点森冷。张老财怀着一颗冷战的心，像一个影子似的紧跟在孙老二的身后，孙老二那魁伟的身躯遮掩住他矮小的身体。张老财想，逃出鬼的圈子，又落在恶魔的手里，真是劫数到了……

"孙老二，我看咱们还是别回去送死吧，只要遇见一条狗，鬼子就会发觉的……"

"狗吗？"孙老二笑了笑，"放心吧，三里以内不会有狗的，它们全给我药死喽！你出来的时候，听见过狗咬？"

"没有。"张老财开始责备自己的鲁莽了，要是逃出大门之后，狗一咬，不是早就完结了吗？在逃跑之前，竟没有想到这一点。如今想起来，真是又庆幸又害怕。可是，这情绪连一分钟都没有维持，一想到自己的脚步又踏上了归路，死的恐怖又包围了他。

两个人静悄悄地踏着月色前进，没有碰到一个人，也没有遇见一条狗，看见他们的只有那居高临下的月亮。但怎么也缓和不了张老财的情绪。他生怕发出一点声音来，而那过分的沉寂又使他恐怖。几次他想乘着孙老二不提防的时候偷偷逃走，可是那个魁伟的汉子，那支手枪，扑灭了他的勇气。

"呶，一条狗！"孙老二小声地说。

"在哪儿？"张老财的眼珠子都要突出来了，"这可怎么好哇！"

"死的噢，这就是我干的……它们吃了红矾。"他踢了踢地上一条花狗的尸体。

半天，张老财才平下了心。他还是狐疑地绕过那狗尸，他问孙老二："你为什么要把狗药死呢？你要剥皮卖钱？"

"笑话，一会儿你就明白啦。现在，悄悄地吧，别再说话了。"

黑色大门已经可以望得见了，孙老二机警地把张老财拉向墙边，沿着墙边，他们匍匐着向前爬行。当挨进大门的时候，孙老二发现张老财卧在地上，动也不动，便俯在他的耳朵上问："你觉得怎样？脑袋昏吗？"

"不，我的腿软得很，爬不动啦！"

"让我搀你起来，你先进去看看动静。你看，大门还欠着那么大的缝，那个鬼子哨兵大概还没有醒哩！"

"唔，我不，你让我歇一会儿，还是你去吧!"说着，张老财像怕羞似的连脸也俯下去了。

为了节省一点时间，孙老二不再和他啰唆了，他轻敏如猫地走近大门，在门边静听了一下，就侧身挤了进去。那个哨兵果然还在那儿沉沉地睡着。

张老财侧着耳朵倾听着，他却听不到一点动静。

他诅咒着和他为难的孙老二。他想，要是鬼子把孙老二杀了也好，他死了，自己也许可以乘这个机会逃了命。

然而，孙老二却大摇大摆地走出来了，他左手提着一支步枪，右手拿着一把刺刀，刺刀上染满殷殷的血迹，那血迹在月光映照下，是黑色的。他把刺刀伸向张老财，小声地笑着说："怎样，你还怕吗? 这回你可以进去啦!"听得出来，那带着喘息的颤声，孙老二的心脏是激烈跳动着的，那多半则是由于兴奋。

张老财疑惧地注视着孙老二，一声不响。

"我是说，这回你可以进去啦，那个鬼子让我干掉啦!"孙老二解释说。

"怎么?"张老财一下子就坐了起来，"你敢杀人?"

"来，也就是为了杀人才来的呀，杀死一个敌人难道你还不高兴? 敌人把你糟蹋到这步田地，你不想报仇吗? "

"怎么不呢!"

"那么，废话少说，跟我来好啦!"没等取得对方的同意，孙老二就强制地把他拉了起来，一直把他拖到门边。

"你就蹲在这儿，守着，你听里面要是有了动静，你才可以跑开，一直向东……听着了吗? 守着，不准动，我一袋烟的工夫就回来……"说着，孙老二掉头去了，可是，走出了两步，他又回转来，把手里的刺刀交给张老财，关切地说："你要是害怕，把这东西留给你，万一怎样，也可以壮壮胆子的，不是吗?"

张老财神魂颠倒地接过那把刺刀来。他看着那个飞奔而去的高大的背影，完全陷入狐疑中，他咬着下嘴唇暗暗地咒骂："这小子，简直是成心害人，他杀完了人跑啦，倒要把凶器交给我，还硬逼着我在这等死！他妈的，这不是成心拿我上供吗？……"

他那握着刺刀的手，剧烈地颤动起来，他觉得那凶器，更使他接近死亡。他又照样匍匐下去，沿着墙根，绕了半个圈子，一直爬到门前不远的溪边，把刺刀放进溪里，水面上激起了一个寂寞的旋涡。

十一

十分钟后，孙老二又在石玉村出现了，他是同着张得福，那个勇敢而沉默的青年。

两个人并着肩踏着银色的月光急行着，在他们一箭之隔的后边，蛇似的拖着一个杂色的行列，那行列以敏捷的跃进的姿势，保持着绝对的沉默，准备去迎接一场快心的恶斗。

在月光下，得福看到了别离不久的石玉村的轮廓。山是照旧地立着，水是照旧地流着，唯有庄田变成了不可想象的紊乱，麦田变为火荒场，谷子和玉蜀黍都是断头折肢仿佛遭了一场大风灾。他看到这从出生以来未曾看见过的破败与荒凉，恨不得立刻扑到敌人的面前，不管敌人是怎样凶恶，也要决战一场。

得福的脚步突然加快起来。他那双沉默的眼睛，在今晚，跃动着愤怒的火花，但，眼前却是模糊一片，好像生了一层薄翳似的。

突然，孙老二追上得福，用胳膊肘撞着得福，悄悄地说："看，那里像是一个人！"

得福镇定一下，不动声色地向那个晃动的黑影跑了过去，还没走到切近，他便看到了留在蔓草外边的一双沾满泥垢的光脚板，他一俯身便把那人拉了出来，像提拎一只鸡雏似的不费一点力气。

"快来，"得福把声音闷在嗓子里，"抓住一个奸细！"

"我，我不是——"那人一边准备爬起来，一边颤声颤气地说。

"你嚷，我杀死你！"

孙老二已经跑到了，他认识那个人，那个人也认识孙老二。

"呵，孙老二，你给我做个证吧，我不是……"

当那人站起来说完这句话的时候，得福完全明白了。这真使他哭笑不得，一股酸泪挤满了眼窝。他长吁了一口气，把自己站的位置让给孙老二。孙老二厉声厉色地逼问："我不是让你守在那里吗？你不知道你一个人乱跑是多么危险……你可听见了鬼子的动静？"

第二次企图逃亡的张老财，又被捉住了。如今，他已经感到无法答对，他抚摸着被山枣树刺刺痛的脸，沉思了半天，才嗫嚅着说："不是，我，我没有听见什么动静……"

"那么，你为什么要跑开呢？"孙老二的脚步在向前移动着，他的手掣住张老财的袖子，他的眼睛毫不放松地盯着那两片颤动的嘴唇。

"唉……我等你等急啦，我是跑来看看……"

孙老二不再追究那个窘态毕露的老人，他笑了笑，指着后边的行列说："现在，这许多弟兄都是来替你报仇的，你愿不愿意跟着回去？"

他无可奈何地点点头。

这个被恐怖震断了心弦的张老财，虽然仇恨已在他的内心里滋长，但，那仇恨在他觉得不过是一个永远不可救治的创伤。报仇，他可没有那样的勇气，他宁愿屈辱地一逃了事，也不肯为报仇而丧失了生命。如今，他迫切追求的只是一个劫后的生。可是，他已经逃了两次，想不到能够安然地逃出了敌兵的严密监视，而竟没能逃出孙老二的掌握。他深深地感到：他当前的仇敌，不单是敌人，而和他生命作对的孙老二更应该占着较重的地位。

得福为了避免心情上的不快，走到孙老二的前面。张老财在后边，像个学步的小孩子，踉跄地走着，他不时地回过头去，望望那个并不庞大的杂色的行列，他完全失望了，他们既没有整齐的服装，更没有顶事的武器，像这样乌合的一群，如何能战胜那横暴的敌人呢？

虽然他们是一群粗壮的汉子。

万一为报仇而遭到惨败，万一为报仇自己也丧生于这次惨败之中呢？……

立刻在他的幻想里闪出了一幅凶杀的画面：鬼子的刀和枪，复仇者的血与肉……呵呵，他不敢想下去了……

像一场大风雪中的行人，他把脖颈深深地埋在肩胛中，准备去迎接那种残酷的死刑。这时，他的心已经开始空虚——是绝望者的空虚。这空虚麻木了死的恐怖，麻木了他的神经，他变成没有知觉的躯壳！孙老二静默地急急地行进，他也随着静默地急急地行进，他一直没有辨识出在他前面的农民装束的得福。

目的地到达了，孙老二嘱咐着畏缩一团的张老财："你可以找一个妥当的地方躲起来，不过，你得先告诉我敌人架设机关枪的位置。"

"唔，这一架，这一架，这又一架。"张老财指指房门，又指指两个窗口。

杂色的行列已经聚拢，得福沉静地压低着声音说："同志们，我们不能轻举妄动，我们的武器很少，必须珍惜每一颗手榴弹，对准目标。首先，我们要夺取敌人架在房门口和窗口的机关枪，消灭敌人的火力……好啦，现在我们布开阵势！"

三十几个矫健的汉子把一所院子团团包围了。显然，梦里的敌人已经成了瓮中之鳖。然而，不幸的是，当几个勇敢的弟兄，在守望在大门口的得福指挥下，悄悄地爬进了大门，正在设法窃取敌人的机枪的时候，院墙外，一颗手榴弹突然掷了进来爆炸了。那是第一次参加战斗的一个急性的汉子，为了过度的兴奋和冲动，不待命令，他便不能抑制地、鲁莽地抛进了一颗初试的武器，这一个打草惊蛇的举动，竟破坏了整个战略。

没有疑问，睡梦中的敌人惊醒了，立刻哗然地骚动起来，于是，双方展开了激烈的战斗。

手榴弹猛烈地向墙外投掷，那带着闪电的霹雷一样的爆炸声，一个接连着一个，院里边，连珠似的机枪、步枪，在不停地扫射，划破了月夜的晴空，击落了树的叶片，连树干也让那无情的手榴弹折断，而那一座完好的房屋，成为众矢之的，被打得体无完肤了。

矫健的勇士们在院墙外英勇地逼攻着，院里边的敌人也在顽强地抵抗，手榴弹的爆炸声，机关枪的排射声、喊杀声、惨叫声、呻吟声、凌乱的脚步声……万种声音从四面八方聚拢来，揉成了一团。

敌人的机关枪有两架已在手榴弹的爆炸声里失去了作用，代替它的是火力微弱的步枪。畏缩的敌人，从窗口，房门口，院墙上，一个两个地跳出来企图逃窜，然而，那企图都在手榴弹的爆炸声中粉碎了，他们那完整的肢体，瞬息间就变成了残肢断臂，狼狈地僵卧在血泊之中了。

当激烈的战斗刚刚开始的时候，张老财蹲踞在院墙外的茅草堆下，他觉得那是一个很好的掩避地，必要时，他可以偷偷地溜走，也可以钻进草堆去。那茅草堆上的顾大娘的尸身，却不能不使他感到微微的寒栗。但，如今，他已经顾不得那许多了，他像怕冷似的，紧紧地偎缩在茅草里，他被这一场恶斗弄昏了。

起初，对于这初次经历的战斗场面，他还是抱着无限的恐怖与憎恶。战斗逐渐激烈展开了，他的恐怖、憎恶，才逐渐模糊，他已经辨别不出自己那是怎样一种心情了。弟兄们的奋勇打动了他的心，他的心开始在胸腔内翻腾，他不能忍耐似的忽而站起来，忽而又坐了下去。当他看见一个敌人跳上墙垛被孙老二的手榴弹打落墙外的时候，他禁不住激情地叫了："孙老二，打得好，打得好哇……"

恐怖与憎恶悄悄地从他的心灵上溜走，他整个的身心投入了兴奋和感动中，有时，他竟被弟兄们的奋不顾身感动得流出了眼泪，现在，他已经忘却了自身的存在了。他想："要是我也有那玩意儿，也抛进去两个，那该有多么痛快呀！"

一个，两个……

弟兄们已经有四五个伤亡了，手榴弹也不再那样连续地抛掷了，敌人的火力虽也显得稀薄了些，但他们犹在顽强地抗拒着。这时候，得福已经挂了彩，他站立着一只脚，用两手抱着弹丸穿破了皮的足胫高声喊道："同志们，请保留一些手榴弹吧，准备退却时用，天快亮了。同志们，不要忘了，我们总还要回去的。"

陷入了激情的弟兄们，被得福的提示警觉了。是的，天快亮了，月亮已减弱了光辉，东方微微地现出了乳白色的曙光，倘如敌人的援兵开到，是不能且战且退的。于是，手榴弹声就更见疏落下去，战斗已进入了艰苦的阶段。

显然，在手榴弹缺乏的情况下，要想消灭院内顽强的、火力充足的敌人，已经是不可能了，但，就这样退却了吗？这愤怒的一群又怎能甘心呢？

得福和孙老二稍作计议，孙老二便去找那个顽固的老人。

在茅草堆的旁边，孙老二找到了来回踱步的张老财，他显得是那样焦躁不安。一看到孙老二，他便像孩子似的雀跃起来，眼睛立刻湿润了，他竖起大拇指，颤声说道："唉唉，孙老二，你真是一条好汉，一条好汉……"

孙老二笑了笑，刚要说话，却被张老财截断了："怎样，我们能打得赢吗？"

"很难说。敌人的火力看样还很充足，我们的手榴弹已经快消耗完了。现在，离天亮已经不远，天一亮，要是敌人的援兵一到，我们就非退不可，那时……"孙老二的话还没有扣到主题，又被那变成急躁的老人截断了："唉，那么，可怎么好呢？"

"现在，要想打胜，就只有一条路，那就要看你舍得舍不得了……"

"舍得什么呢？"那老人感到莫名其妙，焦急地追问。

"放火烧了你的房子，"孙老二坚决地说，"你可舍得？"

没有一点犹豫，张老财坚定地回答："舍得！舍得！弟兄们死的死，伤的伤了，一所房子，我还有什么割舍不得？"

"当真舍得，没有一点懊悔吗？"孙老二还在叮问。

张老财有些耐不住过度的激奋。他不再去听孙老二的叮问，把身子一跃，便冲到还在战斗着的弟兄们切近，疯狂地喊了起来："弟兄们，放火烧房子吧，我张老财绝不后悔的……"

他跑回去，首先抱一大抱茅草，在衣袋里摸索了半天，才摸出了一根火柴头，小心地划着了，点着怀中的茅草，他一边向着墙根飞跑，一边喊着："兄弟们，那边还有一大垛茅草，足够用的，快呀，快呀……"

张老财简直疯狂了，他往复地跑着，把点着了的一大团一大团的茅草抛向院中……

孙老二、得福，对于这突变的老人，都感到了意外的惊奇。他的活跃，更鼓舞了战士们。一团、两团、三团……无数团点着了的茅草向院内抛去了，通红的火球在空中飞舞，不断地飞舞，草堆的草很快地减少下去。房子燃着了，牛棚燃着了，最后，大门也燃着了，火苗像巨蟒的舌，舐着接近黎明的空间，敌兵们陷入了火的包围中，他们从房子里闯出来，已经顾不得用他们的武器了，只在院子里没头没脑地乱窜……

枪声已经停息，只有噼噼啪啪的火爆声和人的呐喊声。

孙老二爬上了墙头，擎起从敌哨兵手里俘获的步枪，向着火焰中乱窜的敌人瞄准，放射。敌人应着枪声倒下去了。

其余的，有的防守着燃着了的大门，有的攀上院墙外的树，手榴弹一个不落空地在敌人身边爆炸了。敌人没有一个逃脱，统统死在烈火与枪弹之中。

张老财，一边喘息一边兴奋得发狂般地笑了："哈哈，在我的房子里烧死了那么多鬼杂种！哈哈，痛快死啦……"

借着火焰的照明，得福和孙老二检点了一下人数，弟兄们有四个牺牲了，连得福总共有五个人负了轻伤。他们背起了死难者光荣的尸身，搀扶着负伤的弟兄开始向山中凯旋。顾大娘和她寡妇女儿的尸身已经腐臭，但他们并没有把她们抛弃，在撤退之前，匆忙地掘了一个浅浅的坑，把她们掩埋了。

直到动身撤退的时候，张老财才发现足胫负伤的得福，他惊愕地端详了半天，用痛惜的声音问道："得福吗？唉，我的孩子，你也受了伤吗？"

"是的，爸爸，但是很轻，不要紧的……"泪眼与泪眼相碰。他的喉咙有个莫名的东西梗住了。

"来，我的孩子，让我来挽着你走吧！"

"不，不，爸爸，你太累了，伤很轻，我自己能走。"

一路上，张老财都在兴奋着，他不知道一点疲倦，随着年轻人一样地急行，一样地爬着高陡的山坡。他感动地接受着弟兄们送来的亲切的慰问。

"老大爷，你不累吗？让我来扶着你爬上去吧。"

"我背你一段好吗？老大爷，你爬不上去的！"

始终，他刚强地摇着头，虽然已是气喘汗流了，可是他总是这样回答："唉，那怎使得呢？你们已经太辛苦啦，我爬得动，爬得动的……"

孙老二从后面拍着他的肩头问："张大哥，你痛快吗？"

"痛快！"他把脖子一梗，"哎，孙老二，你真是一条好汉……"

"你不心疼你的房子吗？"

"不，一点也不心疼，你想想，这条老命还不是捡的？"

真的，一路上，张老财从没有想到过他的房子，孙老二的探问，他反而觉得有点多余呢。

曙色爬上了山顶时，这一个凯旋的队伍安然地到达山里了。把负伤者的伤口洗涤捆扎之后，便在严肃的哀悼气氛中安葬了那四个死难弟兄的英灵。

凯旋的消息一经传出，山中避难的石玉村的百姓们便纷纷地前来慰问，他们付出了极大的热诚，端来热气腾腾的饭菜和黑馍。老太婆们更拿出储藏多年已经凝结成石块的红糖，冲成了糖水，去慰劳几个负伤的弟兄。

张老财，今天不知道为什么这样地容易感动，看了那些老邻舍们的热烈情景，他的泪又在眼眶里闪光了。

最后，原先住在张老财东邻的钱四嫂又抱来了一大瓶子酒。孙老二说："钱四嫂，你应该敬我们这位老大哥一杯，"他把站在他身边的张老财轻轻地推了出来，"这回的胜仗，张大哥要居第一功。"

钱四嫂和许多人都非常纳闷地看看兴奋的孙老二，再看看狼狈的张老财，但是，谁也不开口。

"你们不信，"孙老二翻着大眼皮说，"他领头烧了自己的房子，把鬼子都烧死在里面了！"

"哦？"钱四嫂惊奇地看了看那个狼狈的老人，遽然间，她真不相信就是那个矮小的、冷淡着一切邻舍的张老财了，他变得是那样憔悴而苍老。

"哎哟，你就是张大哥吗？瘦得简直我都不敢认了。来吧，张大哥，干了这杯吧！"钱四嫂满满斟了一杯酒，双手递给张老财。

张老财受了钱四嫂的恭维，他有点局促不安，喝下那杯酒之后，他说："唉，钱四嫂，可怜，你那只小羊羔也给鬼子们吃掉啦！"

"哦！那比起你的房子来，那只小羊羔又算得了什么……可是，张大哥，你要是没有地方住，就住到我那儿吧。"

"不，有地方住的，得禄不是也在这儿吗？"

"对啦，对啦，他们就住在尽西头有一棵槐树的那个窑洞里。"

吃过了饭，张老财首先按着钱四嫂指示的方向去找他的儿子得禄。

得禄正躺在窑洞里喷云吐雾，一看见他这个狼狈的爸爸，他连忙欠起半个身子，无限惊奇地问："你怎么也跑来了呢？你可遇到了鬼子？你没有带出来什么东西吗？……"

张老财从媳妇怀里抱过他的孙子，一边抚爱着，一边把几天来的经过像讲故事似的讲述了一遍，他希图博得儿子一点温暖的慰藉。然而，没有，儿子的脸沉下去了，他打着烟泡的手的动作加重了，他用斥责的口气说："你怎么也不该领头把房子也烧了呀，这简直不是老糊涂了吗？"

"唉，那有什么办法呢，不烧，鬼子们也会给烧了的，我这条老命，也许就没有啦！"

儿子现出不以为然的神气，用鼻子哧了两下，忽然想起了什么，就又把身子欠起来，急匆匆地问："那么，你的钱呢？"

"钱吗？也没有喽，都让鬼子给翻去啦！"张老财总还留个小心眼，那点生命唯一的依靠，他是再也不肯在任何人面前暴露了。

儿子使劲地把烟扦子一甩，就气冲冲地坐起，气冲冲地冲着张老财，连珠炮似的响了起来："原先我跟你要你不给，这回可好。现在，米快完了，大烟也快完了，将来回去吃什么？住什么？都是你做的好事，你看家，看个屁？原先叫你来，你不来，这回你又跑来了，这么个小土洞，可让我把你放在哪儿啊？……"

儿子简直变成张老财的老子了，那个倔强的老人，气得浑身直抖，而他怀里的孙子，也不知什么时候又被媳妇抱走了。媳妇抱着孩子，竟坐在洞口大哭大闹起来。

张老财，他是再也不能忍受了。财产失掉了，如今，做爸爸的尊严竟也失掉了，儿子对他是那样的无情啊！他悲愤地跺着他的脚，痛骂着得禄的无情，然而，他的骂声让媳妇的哭闹掩盖了。

他怀着无限难言的悲愤昏头昏脑地挤出看热闹的人群，在那里，他又碰到钱四嫂。

"张大哥，我看你就住到我那儿去吧。"钱四嫂非常同情地说。

然而，这倔强的张老财，为了表示他不依靠人的志气，他坚持要自己去找一个窑洞。终于，钱四嫂陪着他，在靠近山坡的地方找到了一个没有人敢住的宽大的窑洞，可是钱四嫂还在警告他不要住进去，因为，倘如敌人到山上搜索，那窑洞会被敌人首先发现的。

“不怕，不怕，我就住在这儿吧。”

张老财已经愤怒得到了不顾一切的程度，他还有什么可怕呢？他孤零零地钻进了那窑洞。

太阳将落山的时候，张老财一切简单的什物全备齐了。钱四嫂送来半袋子小米，得福托人带给他一条被子，饭碗，筷子，烧饭的锅，当床用的麦秸……也都由邻舍们纷纷送来，孙老二还送给他一杆旱烟袋和一荷包叶子烟，这离开了几天的孤寂中的唯一伴侣，如今又给他做伴来了。

他一向冷淡着的邻舍们，对他变得这样的热诚和关切，他感到了万分的羞惭，尤其对那个被逐出家门的得福，他更觉得羞愧难当。住在即使是初夏入夜也有点寒凉的窑洞里，他盖起那条被子，温暖是够温暖了，可是他怎么也不能入睡。他一袋又一袋地吸着烟，望着那通红的烟袋锅，在他还未平静的脑海里，又写下了一本新的流水账，他一页一页地翻着，一项一项地品味着，各种不同的滋味，在他的心灵上揉搓起来。

早晨，那过度兴奋的情绪已成过去，如今想起了那所化为灰烬的房子，他是不能不深深痛惜的。但仔细一想，一切悲惨的结局，追原溯始，还不都是鬼子们给的吗？于是，对于敌人的仇恨之火，就更加旺盛得不可扑灭！

十二

住在杨家山的张老太太，一听到得福的报告，她真有不可形容的高兴。儿子的微伤，她倒并没有放在心上，她是急于要去看一看毁家后的张老财的。但是，当晚，为了犒劳那些凯旋的战士，她一直在厨房里忙碌着，没有抽出身来，这一夜她睡得很不安然。

第二天，天还没有大亮，她便爬了起来，把病人都交给了莲姑照顾着——莲姑在她的训导之下，已经成为一个很好的看护了——她挟了儿子的一套裤褂，便匆匆地走了出来。

黎明的空气是清新的，张老太太呼吸着那清新的空气，愉快地走着，翻过了一座山峰，她就找到了那个孤零零的宽大的窑洞。

张老财还没有起来，他正在酣睡着。张老太太知道他一定是疲倦了，就不去唤醒他，虽然她是十分焦急地记挂着她的家，可是她还是一直耐心地等到他自动地醒来。

那个疲倦的老人，沉重地翻了一个身，当他看见坐在他身边的张老太太的时候，他没有表示怎样的亲切，他是并不欢迎这个热情的来客的。他怕的是她会提到一直被他宠爱着而现在竟冷酷地遗弃了他的得禄。

张老太太关于得禄的事，却是决心一字不提，就连他毁家的经过她也不想向他问起。她很会揣摩对方的心理，为什么要提起那些不愉快的往事给受打击者以难堪呢？为什么要询问那些悲惨的遭遇去引起对方的痛惜呢？她带来的只是无限的热诚和温暖的慰藉啊！

张老财疲倦地坐了起来，没等张老太太说话，他便先开口了："你是从家里来吗？得福的伤可好了些？"

这老人的关切的垂询，使张老太太受了很大的感动。她带着安慰的口气回答说："那一点伤不碍事，几天就会好的……你呢？身上不觉得有什么不舒服吗？看，几天的工夫，就把人折磨得瘦成这样子啦！"

"我吗？病倒是没有，就是累，唉，就是累。"说着，他又伸了一个懒腰。

"那么，你搬到杨家山去住不好吗？我腾给你一间房子，你也可以好好歇一歇呀！"

"不，不……"张老财连连地摇头，"那是你的家呀！"

虽然是半玩笑的口气，然而他内心里的确这样认真地想着的。张老太太越是对他体贴，他也就内疚越深。同时，他还神经过敏地觉得：张老太太对他的一切关注，都含着几分讽刺，让他搬到她家去住的意思，不是表示她的宽大吗？不是对他这个无家可归的人的一种炫耀吗？

可是，完全出自真诚的张老太太却把他的话当作玩笑了。她笑着说："我的家还不就像你的家一样，这年头，还分什么你的我的呢？我看，马上就搬去吧！"

"不，不，你那是大兵医院哪，我怎好去掺杂呢！"

张老财还是不变他的固执，不肯去，她是无法强迫的。最后，张老太太只好把带来的衣服留给他，便急匆匆地走出了窑洞。

太阳已经爬上山坡了，离开家的时间已经够久，她并不是记挂着她的家，而是记挂着家里那些伤病的战士们。

她开始为战士们服务，已经是很久以前的事了。当××军×××团驻入了杨家山，得福参加了那团部的政治工作之后，为了常常到团部去看视儿子，张老太太就开始结识了团中的士兵们。

有一次，当她去看视得福的时候，她发现一个因鼻腔流血过多而昏倒在团部门前的弟兄。她唤醒了他，一直把他搀到医务室去。

医务室的门里门外，挤满了待诊的弟兄，那位神气十足的医官，非常悠闲地抽着一支香烟，坐在椅子上，他并不做任何诊查，随便问一问便动手开方，待诊的弟兄们很快地拿着药方离开医务室。

张老太太搀扶着那位下颏染满了鲜血的弟兄走了进去。

"什么病？"医官板着没有表情的脸问。

"二等兵！"那个弟兄糊里糊涂地答道。

"他鼻子流了很多血，晕倒啦！"

张老太太还没有说完，一张药方早就拿在那个弟兄的手里了。

张老太太虽然精通岐黄，可对于西法治疗却是一窍不通的。不过，她知道那病是绝无大碍的。因此，她陪着那弟兄到取药室领来了一包黄色的药膏，便很安心地把他送回营房。

意外地，她第二天早晨去探视那个弟兄的时候，他竟早已死了。她抱着无限的悲愤去责问医官："吃了你的药，为什么他会死了呢？"

"怎么会不死，他把敷伤的药膏吃下肚去！"医官冷笑着，不负责任地回答。

"他并没有伤啊，为什么给他敷伤的药呢？"

"他昨天来的时候，分明满脸是血呀！"

"唉，我的医官，那是鼻子流出来的血呀，你不问清楚，也不按脉，就马马虎虎把一个人活活地药死……他是国家的战士呀，你这个浑蛋的医官……你……"张老太太压制不住悲愤了，她竟吵骂了起来。

"你是他的什么人？你竟敢来教训我，滚，滚……"医官暴怒了，他气冲冲地把她推了出来，门砰的一声关上了。

张老太太马上去找她熟识的王连长："王连长，你可知道你们连里的王保章是怎么死的？"

"王保章吗？听说是急病。"

"呵呵，你可哪里知道，那孩子是让你们那个浑蛋医官药死的呀！"说着，张老太太又现出了无限的气愤与怜惜，"他鼻子流了血，那浑蛋就给他吃了敷伤的药膏，我问他，那浑蛋反而说是他自个儿吃错啦。你看，那孩子死得该多么冤枉啊，这样的医官，不快点把他赶走，孩子们的命可都在他手心攥着啦，王连长，你说不该让他偿命吗？……"

"偿命，那倒不必小题大做，就是下错了药，他也不是故意的……老太太，你想想吧，后方比较有名的医生都不肯到前方来，这是没有办法的事，肯到前方来的医生虽不高明，也比没有还强啊……"

"他妈的，有名望的医生的命就那样的值钱？当兵的跑到火线上卖命就是应该的吗？就是送命呗也犯不上送到混蛋医官的手里呀！……王连长，我老婆子简直要气疯啦……简直气疯啦……"张老太太的性情，受了这样的刺激，竟变成了暴躁，她脸色铁青地就坐在王连长的铺位上。

王连长对于这位母爱浓重的老太太，除了竭力安慰她不要过分气愤而外，他是再也无法为那医官辩护了。

最后，张老太太提出了一个恳切的要求：“王连长，请你答应我，把那两个病重的孩子让我带回去养养吧，那两个孩子得病眼看半个多月啦，将养得又不好，再加上那样浑蛋的医官，早晚还不是送命？王连长，你让我把他们带回去吧，我家里有住处，有药，好好将养将养，也许就好起来啦，王连长，你答应我！”

“老太太，那怎么行呢？弟兄们是不能随便离队的……”

“他们有病啊！王连长，你信不着我吗？……”

“哪里，哪里……”

经过了再三的恳求，王连长终于无法拒绝，只得让她带回去那两个病重的弟兄。

从此，张老太太除了细心看护那两个病重的弟兄，她更增加了去团部的次数，那不是为了探望自己的儿子得福，而是为了探望团里生病的弟兄们。每天，她总是夹着一卷病人换下来的脏衣服回家来，为他们洗涤，去的时候，也常常带去一点什么吃的东西。

那两个弟兄的病，果然不到半个月便完全好了。张老太太高高兴兴地把两位复原的战士送还王连长，却没有一点骄傲的表示。

从此，张老太太的声誉传遍了整个团部。官长们、士兵们都信赖她、敬慕她。慢慢地，她的家就变成一个“病兵医院”了。久了，连溃散找不到队伍的士兵们也来向她投依了。

从那时起，她和她的儿媳莲姑就开始了繁忙的生活，同时，她的心也从来没有过这样的充实和兴奋。

如果不是必要，她是难得偷闲走出来的，尤其当敌人围攻或当我们没有扫荡干净的时候，她更要为战士们时刻地加以戒备。这项繁重的工作，虽然耗去了她不少心血，可是在她巧妙掩护之下的伤病员以及溃散的士兵们，竟没有一个牺牲。而且，当战事结束之后，溃散的士兵都在她的鼓励之下回归了各自的队伍。

她不但救了无数战士的生命，更鼓舞了败北者消极的意志。因此，"抗日士兵的母亲"的荣誉，已经传遍了中条山，驻守中条山的官兵们，无不敬爱她。每逢军队发饷之后，那些受过她恩遇的士兵，就纷纷来孝敬她了，她没有方法拒绝那真挚的敬意。然而，她自己一点都不受用，她把那些礼物都转赠给在家养病的弟兄们。

　　为了养育为国尽忠的战士，她受尽了辛劳，整日在愉快中忙忙碌碌，磨粉、造饭、煎药、裹伤，几乎耗去了全部的所有。当春末疫病流行的时候，在她家中曾一起住过三十六个生病的士兵。她让出了她全部的衣服和被褥，更发动了六个邻舍热心的妇女为战士们效劳。五间房子住满了，最后，连院子里也搭起了草棚，一年的粮食就在那个时期里一起吃光。

　　每天，她无数次地向病兵探问："好一点吗？我的孩子，想什么吃尽管说呀！"

　　受了她母爱的感动，病人们常常本能地流出眼泪来："干妈，唉，你太辛苦啦！"他们都管她叫干妈。

　　"唉，我的孩子，只要你们都壮壮实实，累死我也心甘哪！"

　　关怀着战士们的病痛和生命，比关怀着自己的儿子更要热切些，在她家养病的士兵，不到健康完全恢复之后，她是绝不放他归队的。几次急得官长亲自找上门来，但都被她委婉地拒绝了。她说："我孩子的病还没有好利索，你不能把他带回去的。"

　　"唉，我的妈妈，现在正是战事紧急的时候，一个弟兄也就是一份力量啊！"

　　"一个病人，上了战场不是白送命吗？他能有什么力量呢？我的好长官，你还是让我的孩子养好了病再把他带回去吧！"

　　对方也只好无可奈何地走开了。

　　她是以无微不至的体贴和看护争取着战士们的健康，以无限的慈爱孕育着战士们杀敌的雄心。现在，住在她家里的除了病兵之外，还有十一个溃散的弟兄来向她投依，而在那八个病兵之中，正有着一个被官长屡次催索而她不肯放行的弟兄，最使她牵挂的也就是他了。

她急匆匆地翻过了一个高陡的山峰，一进家门，就发现那个弟兄果然不见了。她非常震怒地去责问莲姑："你怎么也不该让他们把我的孩子带走哇！我临出去的时候，不是嘱咐过你吗？"

"那有什么法子呢？来的弟兄说他是顶好的机关枪手，这一仗是少不得他的。再说，他的病也真好啦，自己也嚷着要回去呢！"莲姑温婉地解释着。

"瞎说，你看不见他的脸还是黄瓜瓜的？你是不愿意服侍他啦……你是成心愿意让他走哇……"

张老太太从来没有向那温婉静淑的莲姑发过这样大的脾气，莲姑受了冤枉的责骂，躲到墙角啜泣了。

"他是多咱走的？"张老太太又急叨叨地问。

"刚刚不大会儿。"

张老太太迈开她敏捷的小脚，两步并成一步地跑了出去，一边跑着一边自语："我的孩子还没有好，就硬给带走啦，我非去撵回来不可，非撵回来不可！"

可是，当她跑出去二三百步之后，她不得不颓丧地回来了，他们早已踪影全无。

她上气不接下气地坐在炕沿上发起誓来："就是天塌地陷，我也不能离开我的孩子们啦！"

天也没有塌，地也没有陷，然而，第二天还没有来得及吃早饭，为了一个突然的事变，张老太太又不得不怀着又兴奋又惋惜的心情，离开了她不放心的孩子们。

因为昨天傍晚，杨家山曾发现两个敌人，她又不得不严加戒备了。临走之前，她必须精密地布置一番，像每次一样，她把所有的伤病者和溃散的弟兄们都换上了老百姓的服装，把建筑在阴暗的厨房角落里的地窖的盖子揭起。这地窖，是张老太太专为战士们挖筑的。

溃兵们残缺的枪支和军衣，早已隐藏在房后不易被人发现的草丛里了。已经没有什么再值得顾虑。张老太太嘱咐莲姑："你的眼睛和耳朵可不能离开窗户眼哪，关好大门，一有动静，你就赶快催他们下地窖去，千万马虎不得呀……千万的……"

她一边嘱咐着，一边走出了那深而长的院子，用一只铁锁锁好了大门。同时，门里边，莲姑也用那又重又大的门闩把门闩起来了。

一路上，她那泛滥的思潮起伏着。在她的脑子里，永远游动着那已经分居了两年的丈夫的影子。过去，虽然对他是那样地轻蔑和气愤，而现在她却迫切地希望他能够活下去，能够重新和他团聚。她一边迅速地走着，一边不住地默默祈祷："保佑吧。老天爷，保佑他不死吧！"

十三

张老财，那个刚刚逃脱了敌人掌握的老人，又遭不幸，他的新居，又被敌人的搜索部队侵占了。

那时，他正仰卧在麦秸上胡思乱想——他已经害了失眠症——忽然，五个敌兵趁着朦胧的月夜走进了他那仅仅安居了两天的静僻而宽大的窑洞。

"你的，起来。"一支手枪冲着张老财的胸窝。

张老财驯顺地爬了起来，驯顺地让出了他的铺位。

五个敌兵好像带来了无限的疲倦，像经过了长途跋涉之后那样的疲倦，他们横七竖八地躺下了。张老财被命令着横卧在洞口，为敌兵做了一个并不结实的掩蔽物。

就这样，一个漫长的时间过去了。夜已深，他始终清醒着。

夜是静的，窑洞也是静的，他能够听到的，除了五个敌兵的匀整的呼吸声之外，就是自己那激跳的心脏了。

仇恨的烈火使得他周身都在燃烧。他摒除了恐怖，忘却了一切危险，轻轻地把身子爬离了洞口。他兴奋得眼睛里冒出了无数的金花，一站起来，就踉踉跄跄地向西飞奔去了，他想把敌情快些报告给隐伏在附近的自己队伍。

几天的磨难，把他的记忆力毁坏了，他跑的恰恰是和自卫队所在地相反的方向。当他发觉了错误正欲掉转身向回跑的时候，已经迟了！他的行动被两个假寐的敌兵发现，他的企图也竟被他们察觉，啪啪啪，三颗子弹贯穿了他的背脊和额角，他扑倒在地上了。血染红了他那白色汗衫，血像飞泉一样从他的额角向外涌流，然而，他还在拼命地狂呼："孙老二，鬼子来了，鬼子……"

眼前涌起了一片黑暗，那黑暗，越来越重了，他昏了过去。

这时，敌兵们早已狼狈地爬起来，挟起武器，狼狈地向东逃窜了。

张老财的喊声虽然没有听到，而那响彻夜空的脆快的枪声却立刻把正在戒备着的自卫团的弟兄惊动了，他们知道山上发现了敌人，便立刻集合，马上出动，迎着枪响的方向，一直冲着西方进军。

三十几个苗壮的汉子，把队形疏散开来，在接近黎明的朦胧月色下，他们没有方法把自己的身子掩藏，三十几个朦胧的黑影勇敢地袒露在荒秃的山路上。

迎面，是一团迅速蠕动的黑影，无论他们怎样努力地把脚步放轻，但那笨重的皮靴底，总是约束不住发出了响声，头上的钢盔在闪着光，这还有什么疑问呢？

"弟兄们，消灭他们哪！"

孙老二应和着自己的吼声，第一颗手榴弹掷过去了。

于是，第二颗，第三颗……

敌人只顽强地还了几枪，当第六颗手榴弹掷过去时，那紧偎的一团，便完全解体了，血与肉交混着炸断的肢体，叮叮当当的，是钢盔滚在荒山上的响声。

一阵噪音平静下去，三十几个英勇的弟兄，怀着三十几颗炽热战斗的心开始向前继续搜索。

在临近张老财的窑洞时，他们发现了那个重伤的老人。

从血泊里，他被小心地抬进了窑洞。孙老二解下那条白布腰带，小心地捆扎了张老财还在渗血的伤口。在静穆的气氛中，人们看不清他的血肉模糊的脸，窑洞是黑暗的，只有那还在跳动的心脏，告诉人们他还没有死，他好像睡着了，是那样恬静而安详。

留下了两个弟兄守护着这个垂危的老人。余下的又去继续那未完毕的搜索工作。

天将黎明的时候，弟兄们都带着疲倦归来了，他们关怀着这个重伤的老人，都不约而同地回归了老人的窑洞。

张老财又在剧痛中苏醒了。他仅能微弱地呻吟，却久久地说不出一句话来。

孙老二用哀婉的低音俯向老人的耳朵问："张大哥，你心里明白吗？"

"……"老人微微地点了点头。

"你的伤很痛吗？"

老人痛苦地皱了皱眉头，足足费了一两分钟的努力，才迸出了一个"鬼"字。

孙老二领悟了老人极不完全的语言，他很兴奋地告诉他："鬼子都让我们弄死啦，张大哥，仇我们给你报啦！"

紧皱的眉头立刻舒展开来了，老人那有点痉挛的嘴角边露出了凄苦的微笑。

黎明的光射进了窑洞，老人的眼珠蒙上了一层液体的薄膜，从过去的死难的弟兄临死的经验中，孙老二断定了这个可怜的老人已经是没有再生之望了，为了给他临危时瞬息的安慰，他又问："张大哥，你要看看得禄吗？"

老人没有点头，也没有摇头，孙老二在他的脸上看到了一抹憎恶而痛苦的表情。

"你要看看你的小孙子吗？"

老人同意地点了点头。

"那么，得福呢?"

同样地，又点了点头。

"张大嫂，也要她来一趟吗?"

"要……"终于，老人又迸出了一个含混不清的字来。

于是，孙老二派了几个弟兄分别出动了。不到一小时的工夫，张老太太来了，得福也撑着伤势未愈的足胫来了。左邻右舍都蜂拥在老人的窑洞外边来参加这意外的丧礼。最后，得禄才带着他抱着孩子的老婆懒洋洋地挤进了窑洞。

窑洞里的空气是严肃的，张老太太坐在麦秸上握着老人痉挛的手，默默地流着泪，泪滴落到老人的手背上。她的喉咙也让泪水哽住了，什么话都说不出来。

垂危的老人被包围在核心，他以僵直的目光环视着，他的视线的每一转动，都显得那样的吃力。他看见了得福的红红的眼睛，他也看见了孙老二沉郁而坚强的脸。小孙子的天真，得禄和他老婆那漠然的态度，都使他把目光停驻了一个较长的时间。最后，他把目光停留在张老太太的脸上了。他的神志始终是很清醒的，只是他的面孔已经不能再做任何表情了。

老人的胳膊仿佛一根僵硬而沉重的铁棍，它迟缓地在腰中摸索，很久很久，在一阵吃力的挣扎之后，他的手从腰间抽了出来，把一沓崭新的像画一样的钞票放在张老太太的手里。然后，他用僵直的手，指指钞票，指指孙老二，再指指身边的自卫队的弟兄。于是，张老太太会意了:"你是说把这些钱分给自卫队的弟兄们吗?"

老人微微地闭了一下眼皮，表示首肯的意思。现在，他的头已不能动了。

得禄狼一样地睁大了两只放光的眼睛，贪婪地盯视着张老太太手里的钞票，像要把张老太太拿着钞票的手一起吞噬了似的。结果，他把脚狠狠地一跺，就扯着老婆的胳膊愤愤地挤出了窑洞，头也不回地一直回家去了。

　　两分钟之后，那可怜的老人，终于在一阵痛苦的挣扎之后，带着敌人的三颗子弹，闭上了他的眼皮，两条掺血的泪，涌出他的眼角……

　　整个的窑洞都陷入了严肃而紧张的气氛里。

一九四〇年三月八日　重庆

四年间

一、新　婚

当矢野和黛珈结婚的时节，气候已经投入秋的怀抱里。

这一年塞北的暑天例外的燥热，雨水的罕有如快乐人的眼泪。苦了的是农村，田苗都枯黄了，耕牛疲惫无力了。农夫们忧郁着、焦急着，真是盼雨盼得眼红，因为他们的生命——一家人的生命——全系在田园上呢！

他们整天在祈祷，哀求天老爷的恤怜，然而什么也不中用，焦急，祈求全是徒然，老天依然沉着它枯燥没有表情的大脸，太阳依然射着火般的灼光，地被烤得裂着龟纹，农夫们被晒得周身剥着黑皮，就连村妇的脸也都变黑了！那田里刚刚生出来的脆弱的小生命又怎能扛得住如此的作践呢？因此，它们都憔悴了，脖儿软瘫地挂了下来，黄黄的小脸没有一点光泽，几乎连喘息的力量都被烈日剥夺净尽。河水枯了，小溪干了，谁也挽救不了那些可怜的生命，比较软弱的，慢慢地都无声地死去了！

只要天空飘来一片白云，人们的心窗便开了，孩子般地跷着脚，得救的笑容浮上每个人的黑脸。然而浓云并不久留，并不给人们带来一滴渴望着的甘霖，它只来了一会儿便四散开去，仍旧是晴朗的天空，火一般的太阳。于是人们的欢跃成了幻影，一个个又都耷拉着头，叹着永久叹不完的气。

可是，一迈进了秋的圈圈里，瀑布似的大雨却来了，它无止境地倾泻着。太阳藏起了秃头，雷声响彻了云霄，接连着半月不见开晴，河水渐渐涨起，眼看就要冲开江堤，于是人们的心又起了莫大的恐慌。老天不是在和人们作难吗？秋天已不需要雨水了，而它却尽量地倾吐着，怎不使人诅咒天道无常呢？

矢野的婚期很快地逼近了，雨还在不断地落着，矢野有些不安起来，因为黛珈还在三千里外的L省呢。这样使人不快的天气，这样遥远的途程，那娇养惯了的黛珈能冒着雨跋涉数千里来和他结婚吗？即便她自己愿意牺牲一切来安慰她久别的爱侣，但是倘若把她看作掌上明珠的老祖父不放她来，又将怎样呢？本来他们的婚姻她祖父是极力反对的，为了矢野的家没有财势而反对。他们曾经过两年的苦斗，才获得今日的结局。他们是由旧家庭的压榨下挣扎出来的一对勇敢的孩子，他们是从狂风巨浪中脱险的一叶孤舟，他们是战场上凯旋的战士，谁不在为他们祝福？谁不在为他们庆幸？然而那过去的艰苦挣扎的记忆，永远埋在他们的心中了。

他们分开整整两个年头了，多么悠久哟！自从订婚以后，他们那具有十八世纪头脑的家长，就不给他们一次见面的机会，他俩虽然都在渴望着见面，但不能。有时黛珈在家人都进入梦乡的深夜，偷偷给矢野写封草率的信，然而那也仅是偶然的，而矢野从来就未敢正式给黛珈写过一封信，偶尔在给黛珈祖父的信里，写上几句黛珈家人都不认识的英文，也会受到黛珈的谴责的："你为什么一定要写信给我呢？你不知道我的处境吗？我们两心相印就是了，何必多此一举，不通音讯的爱，比什么都珍贵呢！"这样的责语常使矢野感到不快，然而没有方法和她分辩，只好不再给她捎话了。

黛珈的名誉心太重了，这也许是家庭环境造成的。在家里，在学校，在所有的亲朋口中，谁都说她是个天真而稳重的孩子，不好嬉笑，也不轻佻，颇带大家闺秀的气概。人人在爱她，在夸奖她。她听到人们这样的称誉，颇觉自己不凡，暗暗地欣悦，也暗暗地自骄。她愿意长久保存住这种称誉，好像失掉它，就再没有兴趣生活下去似的。

的确，黛珈真是个无邪的小姑娘，她生来就有那么一副纯洁的心，不曾有过一点轻佻的行为，走路从来都是低着头，不说话，倘如有个熟人迎面走来，人家不唤她，她是不会看见的，有时竟和行人相撞。这虽然在新时代人们的眼中是一种娇羞的女孩的表示，然而旧礼教陶冶出来的她，一点都没有做作的痕迹，那是出于自然的。放学时那些狂放不羁的同学们，在她身旁叨叨地谈着，纵情地笑着，引得一帮流氓青年和男学生跟踪，她几乎按捺不住心中的愤怒，她是十分轻视他们的浮荡，他们的自视太卑，她常是离他们老远的，一个人孤独地前行，或者晚他们一会儿离开学校。她在时时地躲避那许多狂蝶似的同学，怕她们玷污了她清高的人格、难得的称谓和无邪的灵魂。

她把全副精力完全贯注在课本上，她用功，她努力，努力要做一个人，要做一个女性的懿范。

除了读书而外，她还酷爱运动，书和网球便是她的良伴。为了好运动造成了一副健美的体格，她不知疲倦，没有烦恼，无论日里怎样忙碌，夜里的睡眠怎样不充足，她总生气勃勃，这不是很少有的吗？

结婚的消息给予她很大的愉快，同时也使她受了很大的打击，她愉快是因为他们的胜利，担心的是怕因此而失学，失学在她是多么苦痛的事情啊！她宁肯拖延婚期，也不愿为了结婚而失学，因此她极端反对在她卒业以前结婚。她的理想是要使她的学业告一个段落，然而那还须待四年以后，当然不能取得对方的同意了。她终于拗不过矢野和母亲的请求，而择定了婚期。并且他们还答应婚后仍使黛珈入学。这样她再没有反对的理由了，于是如期地来到哈埠。

真是例外的热闹哇！当矢野和黛珈结婚的那一天，矢野的同事很多人为参加他们的婚礼而请了假，礼堂中拥满了不整齐的人头。

这天的黛珈却没有欢欣，没有乐，她装了一肚子没处发泄的气和恨，因为那些来宾毫不客气的戏谑，真使她不能忍受，她认为那是对她的不恭，轻视了她的人格。然而今天为了扮演新娘的角色，她实在无法躲避这种有意的侮辱。在气极的时候，她想走、想骂，但都被送她来的祖母劝阻了，祖母解释说："这是免不掉的，谁结婚时都是这样的，你爷爷娶我的时候比这闹得还凶呢！别又像在家似的耍孩子脾气！"

矢野虽也觉得他们戏闹得确实使人难堪，可是他被绝大的快乐鼓动着，他没有气。不过脸上不时地浮起淡淡的红晕。

老天呢？也宛似在庆祝他们这对幸运儿似的，欣羡地俯瞰着，太阳一起早便探出被埋藏二十多天的头，天空晴朗得没有一片云，这是出乎人们意料的事。昨天夜里那大雨不是还在倾盆地落着吗？矢野的父母、矢野的朋友、矢野自己都在幸喜这可喜的天，为了这却消费了多量助兴的酒。

这喜筵一直拖延了三四小时之久，来宾才一个个声嘶力竭地醉醺醺地散去了。

新婚的夜里，一对新夫妇忆起了以往凄苦的奋斗和如今收获的成功之果，感伤、欣慰往复地冲撞着每人的心。他们整整地谈了一个通宵，曾洒了不少快乐夹杂着悲哀的眼泪。虽然黛珈旅途疲劳，然而，愉快包围了她，困倦的感觉被遗忘在不知不觉中。

二、希望的幻灭

婚后的黛珈，除了渴望着学校的生活和慈爱的故乡而外，便什么希望也没有了。

她曾几次要求矢野放她去读书，矢野虽也不愿意看他的爱侣失学，然而他们那素无恒产的家境，又怎能供得起一个学生呢？何况他的母亲又十分反对黛珈的求学。每当矢野向她提起黛珈要读书的话，她便会说出那永久不变的话："女人家识两个字就行呗！何必一定要什么毕业不毕业的，况且已经做了媳妇，做媳妇的人就只有管理家务是她的职责，哪有念书的工夫？我没念过书也活了这半辈子了……"

"不过，我们从前答应婚后让她继续读书哇！"

"哼！那是口头上的约言哪，不是没有立过字据吗……我也累了几十年了，也该享点福啦！难道娶了媳妇我还自己去挨累？哈尔滨这地方，女学生还有好的？念什么书，瞎胡闹吧！你想能学好吗？学得没个女人样儿，我可看不惯！你再想想咱们哪来那笔钱供她念书，若不是没有钱，为什么早早让你扔开书本去做事，儿子没好好读书，却让个媳妇上学，真是岂有此理！别说没钱，有钱我也犯不上啊！"

矢野也曾和他不说理的妈妈争辩过几次，然而老太太却气个死来活去，结果矢野认了错，风波才算平息，胜利终归是老人的。

矢野能把这话向黛珈说吗？他这时的心是怎样为难哪！而黛珈呢？关于读书的事时时刻刻地也不曾忘掉，天天问矢野，矢野总是这样回答："等等看，现在我们委实没有多余的款子，等我一增了薪，马上就把你送到学校去，好珈，别忙。"

"钱？我自己还有几个钱，足够一年的学费，还有这金镯子，我实在讨厌戴它，把它卖掉，再不然的话，祖父还能补助我读书的费用，怎说没有钱呢？"

黛珈以为是为了钱的问题，她说出这么多的办法来，矢野一定会欣喜地答应她的读书请求，于是她的心在跳跃了，丰润的脸上掠过一道希冀的彩霞，仿佛她已经入了学。

矢野急切中答不出一句话来，他的脑汁开始在荡漾，有如春水的涟漪，黛珈用希冀的眸子贪婪地注视着他脸上为难的表情，很惊疑地说了："怎的，你在想什么？还犹豫吗？为什么不吱声，我不是说过，钱不成问题的吗？你不愿意叫我上进？我多得些知识于你并没有害处，说不定将来会帮助你呢！"

"你不知道，除了钱以外，还有个比钱更难解决的问题呢！"

矢野很费力地说了上面的话，声调依然很温柔，一只手在抚摸着黛珈的软发。黛珈不明白他的话，默想半晌，想不出他所说的那更难解决的问题，于是追问道："还有什么呢？我真想不出。"

"妈妈反对这事呢！你是知道她的脾气的，为了保持家庭的和平和你们间的感情，我真不愿十分违抗老人的话，并不是我不为你着想，也不是我的不抵抗，我是总希望着和平解决……"

"你们男人都是这样的，只为自己的幸福计算，而不为女人的前途着想，多么卑鄙呀！男人的心……"她再也忍受不住这种压迫，竟用一种激愤的语调又接续着说："无论如何我决不肯仅仅为了老人的反对而牺牲我自己有望的前途。为了我们将来的幸福，我也不能就这样混混沌沌地活下去，我要努力，我要反抗，我要做一个人，要做一个有为的女人！"

她说话很急，有时候会使人听不清她在说什么，如果门外有人窃听，一定会疑心她是在和谁吵架。

"我的珈，你不要急，"矢野涨红了脸，惭愧地说，"无论如何，我也要使你的希望实现，宁肯违抗了父母，你放心好了！"

黛珈的心被这爱怜的音波软化了，她深悔适才不该用那样激烈满含愤怒的话语，那样没情感的倔强态度，刺痛爱人的心。于是她请罪似的紧紧握着矢野的手。这时两人又沉入爱的旋涡里。

时光老人一刻不歇地在飞驰着，在不知不觉中他俩已经结婚半载了。这期间仅有半个月短期的别离，那是在蜜月以后黛珈的第一次归宁。

七个月，平顺地度过了，而黛珈终未走进学校的门。矢野常常为了此事和妈妈争论，黛珈慢慢地也知道了婆婆的顽固，她不再使矢野作难，也不愿使他背上违抗母命的罪名。以后她便不再提起那件事，然而自己的内心，却早有了计划。

接到祖父的来信，知道老人家在渴望着他唯一的孙女第二次归宁。不久她取得了公婆和矢野的同意——其实那是不得已的同意——她便揣着一颗为兴奋过度而跳动的心，匆匆就道了。

一到家，便什么全忘了。慈祥的祖父、祖母，爱她的妈妈和唯一的弟弟，他们的爱把黛珈灌输得沉醉了，甚至使她忘却了三千里外孤独而温存的矢野。

这时她想起了爸爸。爸爸死去六年了，不知为什么在这六年之中她竟会忘却得那样干净，如果不看见弟弟那酷似爸爸的面容，恐怕她什么时候也不会忆起那黄泉下的亲骨肉。

她不是想念爸爸，她是想起爸爸生前对待妈妈那种陌生的情景，和爸爸死时妈妈患的疯癫的病症。

男人总是残酷的、无情的，而女人为什么却如此的痴心呢？爸爸对妈妈那样的不体贴，而他死了，妈妈却又受到那么大的打击。假如她没有她的一双儿女，那时她也许要毫不犹豫地跟爸爸走上一条路呢！直到现在她不是还不能忘却吗？一提起爸爸，她的眼里还涌出泪水，多么可怜的妈妈哟！我的矢野总不至像爸爸那样吧！是的，他绝不是那样的男人，我万分地相信他。

想到这，她便不禁为妈妈的遭遇痛心，为自己的幸福庆幸。因此她更爱妈妈了，她真不愿离开她那可怜的妈妈。

她预料要在这里长久住下去，回到她的母校读书，在她的心里书好像比矢野占的位置更大些。为了要读书，她甘愿把家庭之乐暂时抛开，使矢野仍度着那孤寂的生活，因为她觉得精神的爱要超过一切方式的爱。

她现在决定回到母校读书了，去信偷偷说给了矢野，嘱咐他探询一下公婆的意思，并且请他婉转地替她说情，只要他们允许她在L省读书，一切费用全由祖父负担。信寄了出去，黛珈的心完全回复到儿童时代，她朝夕地憧憬着甜美的学校生活。

然而她突然病了，呕吐，腰痛，四肢疲乏，遍体鼓着帘珠般的疙瘩。经过大夫诊断以后，祖母和妈妈常常耳语，不过看样子她们都很快乐，妈妈告诉她那是胃脏有火，感受点风寒，吃两剂药就会好的。

祖父把她的病写给了她的公公，公公很快地来了一封催归的信，请祖父派人把黛珈送回静养，在外面他们不放心，恐怕出什么差错。

看了公公的信她才知道她已有了两个月的身孕，这消息好像一声霹雳把她的一切希望震破了。她哭了——绝望地哭了，一切从此完结，希望幻灭了，前途是无涯际的黑暗。她开始诅咒着："结婚是女人坠落的路。是女人的陷阱，是埋葬女人的坟墓!"

三、初　产

黛珈在万分绝望的当儿，曾有过堕胎的幻想，她商议过矢野，矢野当然不曾同情她这种残忍的手段，劝了她几次，才把这念头打消。

从此黛珈健美的体格一天天孱弱下去，精神也渐渐变得颓靡了，以前愉快的面容，已飞入乌有之乡，笑容很少在她的脸上出现。十九岁的黛珈已变得那样阴郁沉默了，是有着什么心事，还是追悼着已逝的青春?

树叶绿了又黄了，终于离开母干脱落了，落在光滑的马路上，落在肮脏的垃圾堆里，继而雪花埋葬了落叶，雪花报告着冬天已到。就在这时，那在母体中哺育了九个月的胎儿要出世了。

那正是子夜，人们都已酣睡，路上没有车子，没有行人，仅有几条无家可归的流浪狗在露天里卧着。

矢野匆忙地踏着夜色，冒着风寒，去请约好了的产婆。他慌忙之中，踏着了一条睡在黑暗处的狗的尾巴，那狗狂暴地吠起。别的狗听见同类吠声，刹那集聚了一群向矢野拼命地进攻。好在矢野穿得厚，只是被撕破了衣襟，不然恐怕会被它们咬得遍体鳞伤呢！

把产婆接来时，黛珈已经昏过几次了。在她清醒的时候，她希望有谁把刀子放在她脖子上，或者剖开她的肚皮使她立刻死去。妈妈和婆婆围坐在她的身旁，以怜爱的音调安慰着她。她紧紧握着妈妈的手，锐利的指甲几乎挖破妈妈的手背，这样她似乎觉得能够减轻自己的痛苦。产婆毫无痛痒地讥笑她："这都是娇养惯了哟！没有受过委屈！其实这又算什么了不起的事。"

"你这个该死的老妖婆呀，真会说风凉话！"黛珈切齿地骂，然而，并没有骂出口来。

矢野被撵到外屋去，他仰卧在沙发上，直视着天花板，黛珈苦痛的哀叫，刺伤了他的心。他此刻后悔当初不该阻止黛珈去堕胎，倘如真的实行了那计划，虽然那是近乎残忍的举动，可是他爱的珈总不会受到如此大的痛苦吧！

他的心剧烈地疼痛着，他急欲进去看看他爱的人儿而分担些她的痛苦；然而门是牢牢地关着，既推不开，敲又无效，因为他的妈妈不许他看小孩降生，据说是怕断了红运。

经过两小时之后，婴儿降生了，那呱呱的啼声，震开了矢野紧闭着的心扉，他听那声音是那样清脆，那样洪亮，他开始在默想："孩子的相貌，像妈妈呢，还是像爸爸？"

一直等到黎明时分，妈妈才出来呼唤他："去看看你的姑娘吧！"

妈妈的面部表情，似乎快乐中带着几分失望。矢野莫名起来，他不去追究，心想："许是太疲倦了吧！"便急急奔入产室，黛珈的腹部还是痛，她无力地瘫卧在床上，脸色好像刚刚死过一次那样苍白，一夜的工夫竟变得如此的憔悴！

"好些吗？我的珈，真是苦了你……"

矢野握着黛珈还在颤抖的手，这样慰问。

黛珈见到了矢野，好像受了谁的欺侮的孩子见到妈妈似的，两行诉苦的酸泪流出已经凹陷的眼角，她只点了点头，半晌说不出话来。

这时黛珈的妈妈和那个产婆都已在另个床上睡熟了，矢野趁着妈妈没在眼前的当儿，抚爱地在擦黛珈脸上的泪水。继而俯下头去在黛珈的唇上深深地一吻，表示对黛珈的怜爱。

黛珈破涕为笑了，她用下颏指着床尾的宝宝向矢野说："你看看小孩，她长得像谁?"

矢野因黛珈的哭泣，遗忘了刚刚出世的小生命，他如梦方醒般掉过头去。婴儿已经疲惫地闭着小眼睛睡了，那团团的脸庞儿，菱形的小嘴儿，恰像她的妈妈，虽是个刚降生的婴孩，然而那光滑的软发，那细长而弯弯的眉毛，却如几个月的孩子，她的鼻梁很高，眼睛很大，这点比妈妈要美丽些，矢野不觉惊喜地喊出来："啊! 珈，多么美的一个孩子哟! 她长得太像你了，不过只是瘦些，过两天一定会胖起来的。"

"刚降生的时候，两只小眼睛不住地左右环视，小拳头直往嘴里送，看去倒是一个强壮的小东西，可是把她洗完了包上以后，便不再动了，身体像冰的一般凉，仅有一息的呼吸了，是妈妈把包打开，把她揣在怀里，慢慢地才苏醒过来的，现在，大概是睡了，我看那孩子像似有病……也许是产婆不好。"

"旧式的产婆本来不能信赖，不知道她们断送多少孩子生命了，偏是妈妈一定要找她，说她好……"

矢野边说边把嘴唇贴在孩子的唇上吻着，他确定孩子是有病，因为她的嘴唇连一点温气都没有呢!

第二天，矢野在他的日记本上写着这么一段:

昨夜我的珈生了一个小女孩。

在平日我是不大喜欢人家的孩子的，尤其是那初生的赤

168

子，但今番却奇怪，当我第一眼看见我的女孩，便热辣辣地爱上了她，我曾不知深浅地狂吻着她和珈相似的柔嫩的小嘴，我的头被母亲轻抚了一下："哎！好不知深浅哪，月里的小孩不许亲嘴的呀！"

初产的珈在一度猛力的挣扎之后，脸颊上已失去两朵红晕，她微合着眼睛斜靠在枕垛上，很吃力地呼吸着，没有喜悦，不，她的喜悦是被疲惫与痛苦包围了呀！

母亲呢？母亲苦笑着告诉我，她是失望了！"为什么不给我来个大孙子呢？"

珈告诉我，当小孩生下的时候，母亲曾说过这么一句话："下次我们可不要丫头了，一个，已经够受啦！"

咳！母亲的心哟！你该是把自己的生命都埋葬了，本来早已就埋葬了哟！

生来便是个多病的孩子，她的小身体永远是冰一般的凉，虽然把她放在壁炉边烤着。即便放在炉板上，把皮烧焦了，而她的血肉也绝不会有温气的，她是一个冰孩子，是一具僵尸，仅不过有生气罢了！

两位妈妈忧郁着，她们怕她死，虽然她们不喜欢女孩。她们常常背着黛珈担忧着孩子，说孩子的病恐怕不治。

黛珈看了那可爱小东西，便忘却了过去的痛苦与疲惫，忘却了一切。她不分昼夜为孩子忙碌着，时时替换孩子的尿布，她不许脏一点，唯恐她的宝宝受屈。可是当有谁在她身旁时，她却像毫不关心似的不理睬孩子，甚至孩子饿了，她也不给她奶吃，因为她害羞，她怕被人家看见她的乳房，怕人家知道她做了妈妈。

有时两位老太太逗着不知事的孩子说："冰孩子，你的妈妈在哪儿呢？"或者当孩子饿了的时候："冰孩子饿了吗？让你妈妈给你奶奶吃！"

她听了，脸颊立刻会绯红起来，她任着孩子哭闹，掉过脸去假寐着。老太太们晓得这是她们曾经有过的羞怯心理．便都走开了。

日子久了，便也习惯下来，黛珈不再感到羞赧了。

"为什么女人要生小孩，而男人却不？"这问题时刻萦绕她的心，她想不透是什么原因。

矢野每天下班归来，便先来看孩子，孩子一天天地瘦弱下去，矢野的心也随着孩子的瘦弱而恐惧，他怕他爱的女儿会死掉，会刺伤他和他的珈的心，这些黛珈全不知道，她是个没有经验的妈妈，又怎能观察出孩子的病来呢？她只知道孩子凉，那是她自己的寒病遗传给她了，但孩子每天吃的药，她相信定有力量把凉气驱走，所以她依然快慰。当没有人在时，她便精神百倍地和矢野计划着怎样教育她的孩子："我们一定要好好地教育她，把她培养成一个伟大的女性，四岁就送入幼儿园，稍大些，就开始教给她别的小孩所不能得到的知识！我们所懂得的，如果经济允许的话，我一定多多供她读书，要她多得些新知识，要她成为一个典型的女性，要她成为一个勇敢刚毅、充满生命力的女性，要她为我们世界吐－线曙光，要她做我们理想中的女儿……"

黛珈起劲地说着，脸上现出了愉快的光芒。矢野嘴在应和着，可是他的心在说："恐怕你的希望只是一种梦想罢了！那样一个多病的孩子，还能活几天？"

六天过去了，两位老太太松了一口气："六天的关口逃过去，不怕啦！"

七天、十二天过去了，两位老太太又松了口气："唉！不怕了！"

多病的孩子，一直是病了又好，好了又病地活了一个月，满月的那天，她忽然不吃奶了，小灵魂沉入昏迷的状态中。黛珈不再把人家送给孩子的礼物，向孩子身上试戴了，一些庆祝弥月的宾客，谁也没有看到那满月的婴儿，因为她病得奄奄一息了！黛珈只守着她垂死的小宝宝，她推她不醒，唤她不动，她猜不出孩子得的什么病。宾客散后，矢野父亲请来一个所谓的名医，据他说：母亲一切病症，完全传给了孩子，孩子是在病菌的包围中生长起来的，所以已非人力所能挽回了。

室内的空气，顿时紧张起来，三位老人和矢野知道孩子没有希望了，都倒挂着头。黛珈的脸色比任何人都难看，她偷偷在流泪，泪珠儿掉在孩子的脸上，流到孩子的眼里，那昏睡的孩子不反抗、不哭，也不动。黛珈在绝望中，静静地候着孩子的死，因为她不再相信药有治好她宝宝病的力量了。

她怕她的孩子死去而毁灭她为孩子设想着的一切希冀，她又愿意她的孩子快些死去而实现她没有孩子时幻想的美梦——读书或服务——这矛盾的思想缠绕着她矛盾的心灵。

孩子的病不好，而她又不死，婆婆开始去求神保佑，给孩子许愿，她说这样或者能把将灭亡的小生命由死神的手里夺回来呢！

黛珈不参加任何意见，她像看戏似的，看着两位老太太滑稽而无聊的举动。

但是孩子的病却一天天地沉重起来，方法是想尽了，两位老太太也失去了主意，要是矢野的父亲在家还好，然而孩子满月以后，他便又回到他服务的×地去了。

在给孩子洗浴的时候，她们开始发觉孩子的脚肿了，而且肿得那样厉害，两天以后便肿到腹部。那天早晨她的鼻孔里，曾流出了一滴紫色的血，那是最后的，仅有的一滴血了！

夜里孩子的眼睛张开了，那两只放着挣扎光芒的眸子不转动地直视着，老太太们预料着不到天明就会死去的。她们叫黛珈和矢野到另一张床上去睡。这时黛珈没有悲哀、没有怕，她只希望她的宝宝赶快死去。

两位老太太一边一个地守着孩子，孩子的眼瞪得怕人，她们不敢睡，在谈着与孩子无关的事。但她们两个的心全都系在孩子的身上呢。

突然孩子猛动一下，接着激烈的尖声震破了寂静的夜。黛珈在床上听着，这声音直刺入她的耳膜，她的心好像万千蛀虫在无情地啃着，她不能忍耐地双手堵住耳朵，可是那尖厉的哀音，却由隙缝挤了进来，她一刻都不能安定了，忙跳下床去，跑到她宝宝的身边。她不敢看宝宝的苦痛的面庞，闭着眼睛在孩子的脸上深深地一吻，又跑回自己的床上，她蒙上被悲切地哭了。口里念着："永别了，我的小宝宝，永别了，我的小女儿！"

　　她的哭不是完全为了痛惜那小生命的灭亡，而大半是在怜惜她宝宝所受的那么大的苦痛！

　　矢野被她引得也哭了，他俩的泪混合在一起。

　　在晨光熹微的时候，那降临人间三十七天的冰孩子，停止了尖叫，合上了发光的眼，走向另一个缥缈的世界去了。

　　黛珈的眼前立刻掠过一道光。被哀闷塞住了的心扉突然敞开了，压在心头的沉重的大石融化了。她收住了泪，把蚊帐掀开一个隙缝，在偷窥着那具小小的尸体，她看见那在她腹中护养了九个月慢慢成长起来的赤子，她曾经抚爱了一月多的小宝宝，曾经吃过她的奶，劳过她的心，给予她比死还大的痛苦的孩子，如今被剥得赤条条躺在外间的地板上，仍然是那么一副可爱的小面庞，殷红的小嘴唇，柔嫩而白皙的皮肤。黛珈真不相信她的孩子，就会这样不变神色地死去，然而她身旁却放了一捆稻草、一块席头和一条麻绳，那分明是预备赠送死孩子的礼物哇！那分明是她和家人永别的标记啊！

　　两位老太太的脸，深秋的天空一般的凄凉和阴郁。婆婆开始在捆绑孩子，妈妈在用锅底的黑灰涂抹孩子的脸，她不忍看这摧残孩子的举动，把头缩回被里。

　　"为什么连一件衣服都不给孩子穿？又为什么把脸弄得那样脏？"

　　她怎样也不明白，问矢野，矢野更不晓得是什么原因。

　　接着她听见更夫老纪那怅惜的语音："这小孩真没造化，活着有多么享福，还不当眼珠看待吗？"

"可不是，二十多年没有小孩了，好容易盼到这么一个宝贝，虽然是姑娘，可是我们也都喜欢，活着是一点都屈不着的，这一个多月就花了几十元钱治病，但是她没有命，又有什么办法呢？先生是能治病治不了命哪！"

婆婆的声音也很凄楚。黛珈不愿听这些使她落泪的声音与话语，她在床上喊："妈妈！快叫老纪把她埋了吧！"

"埋?"婆婆和妈妈同时发出这么一句简短的疑问。

"这孩子太轻了，怪不得不好养！"

老纪把孩子抱了起来在掂量孩子的分量。婆婆嘱咐他："扔在南岗上，头朝下，千万别往洼处扔啊！你来去都别回头，记住哇，这有很大的关系呢！"

"妈妈！为什么不埋起来呢？怎么还头朝下，又不给穿衣服，我真不明白！妈妈，到底是怎回事，这样作践孩子！"

黛珈带了哭音大声地问。

"咳！傻孩子，埋起来不好，那样你以后生小孩会依然不好养，并且她自己也有罪，把她扔在空场叫野狗撕掉便好了，你以后生孩子便不会死了……你看谁家小孩子给穿衣服，那是偷生鬼，她是向你来讨债的，你还可怜她吗？她是要账的，不是你的孩子呀！"

妈妈颠三倒四地解释着，她不知道这些话会刺伤她女儿的心。

"她明明是我生的，为什么不是我的孩子？什么叫讨债鬼？什么叫罪？我的血肉培养成的……孩子，为……什么去饱狗腹？那正如……把我的肉……割掉……喂狗……一……样……妈妈……你们不……要那样……多残忍！把她埋起来吧……"

"咳！年轻人都不迷信哪！"老纪说。

听见黛珈的悲哀的声音，慈母之心被感动了，她急急地说："喂狗！喂狗！不，不，埋起来！埋起来！好孩子别难过！"

老太太当黛珈的爸爸死后，她曾因为受了绝大的刺激患过疯癫病。此后她的病虽然好了，可是说话常是颠倒，这次她本想说："不喂狗！不喂狗！"但急切之中又说反了，引得老纪扑哧一笑。

老纪拿着孩子出门的时候，婆婆还不住地小声叮咛她已经叮咛过的话。老纪一边走一边拿着笤帚头抽打孩子被席包着的周身，口里还在骂："小冤家，讨债鬼！再来砍掉你的脑袋！"

这些声音虽然很细微，但一声声都钻入黛珈的耳。

"咳！喂大狗喽！"

妈妈又忘了适才的事，当走进里屋的时候，长长叹了一口气，这样自语着，等她觉出来的时候，又改了话头："老纪还扛着铁锹，走那么远的路已经够累了，到那里再挖坑，这样硬的地，不知要怎样费力呢！回来我们可得多给他几个钱！"

"嗯！"婆婆附和着。

她觉得自己很机警，这样巧妙的话一定能使女儿相信，于是嘴角露出了一丝微笑，向黛珈的婆婆挤了挤眼睛。

现在黛珈正沉在悲痛的冥想里，她想着孩子生时与死时的一切。虽然她几夜未曾睡好，但冥想紧紧地缠绕着她，她不想睡，也没有困。

矢野恐怕黛珈为了孩子而悲哀，他请了一天假。然而出乎他们意料，起床以后的黛珈一点都没有悲哀的表示，她忙着整理孩子的一切遗物。为了这个，大家全很快活，同时在暗暗地赞叹黛珈的刚强。

孩子的死，黛珈并非一点都不动心，并非遗忘得如此快，她是怕引起别人的难过而把悲哀藏在心里了。

这天是礼拜六，矢野的父亲照例回来了。在下午五点钟，他匆忙地走着，进室后他看不出一点家里早晨曾发生过一幕小小的悲剧，因为家里的人都做出愉快的样子在吃饺子，他看了这情形，以为他的孙女一定好了，眼前立刻展现出一个微笑的、美丽的、天真的脸，于是急急地走进里屋，预备看他一礼拜没见的孙女，然而他适才的想象完全错误了！床是光光的，连块尿布都找不到，一团高兴顿化青烟，他如失掉财宝似的颓然地坐下去，眼里充满了亮晶的液体，只是没有流下来。

"大衣怎么也不脱?"婆婆苦笑着说。

"孩子扔啦?"

"没有，串门去了!"

他明明知道那是哄小孩的谎话，他也不去理会，只不耐烦地皱了皱眉头，接着又庄重地问："什么时候死的?"

"今天天刚亮。"

矢野的父亲比别人更爱那孩子，他看那孩子如同自己的生命。他没有男尊女卑的心理，因为自己没有女儿，所以他很愿意有这么个可爱的孙女，来增加家庭的乐趣，因此孩子的死，他的悲痛就胜过别人。

公公的归来，触动了黛珈的哀伤，她吃不下饭，推开碗跑到厨房，为了不使家人看见她满眶抑制不住的泪水，不得已倒了一盆冷水在洗脸，不，在洗泪。两位老太太和矢野看出了她不是洗脸而是在哭，于是那些鲜美的饺子全部留在盘里了。

黛珈忆起了孩子满月头一天公公归来的一幕。

那是孩子病重的前夜，公公由外面走来，第一眼便去看他时刻挂念的孙女。孩子醒着在玩，好像懂事似的仰起小脖注视着床前立着的祖父，那从不曾笑过的孩子忽然向着祖父微微地笑了，那笑容是那样天真、那样美丽，祖父愉快地吻着她的颊，她不挣扎地接受她祖父的吻，那时全室的人都惊叫了!

"啊! 孩子会笑了，而且偏偏等祖父回来才笑……"

从那次以后，孩子就再没笑过，在梦里都不笑了! 公公呢? 也再没看见他的孙女，他和他疼爱的小孙女只见过五次面，这在公公的心里该是怎样的遗憾哪!

黛珈好像忽然觉悟了似的小声自语道："唔! 孩子的笑，是和她祖父诀别的笑哟!"

四、死

　　那个慈祥老太太——命途多舛的黛珈的妈妈，为了女儿的生产，抛了老病的公公、稚幼的儿子，来这三个月了。她曾亲眼看见孩子的出世，又亲眼看见孩子的死亡，在她似乎没有什么遗憾了。而公公信上的几句催归的话："数月来余身体异常衰弱，希汝速归为余料理身后事，而家中一切琐事，亦在需人也……"实在她不能再安然地住下去了，所以她现在是决定要回家去。

　　黛珈自从生了孩子以后，更深深地体验了慈母爱子之心是怎样的深切，是怎样的不可泯灭。因此使她回忆起儿时所蒙受的慈母之爱和妈妈的辛劳。就是现在，妈妈那无微不至的爱护，不是要胜于朝夕相聚爱她的矢野吗？如今妈妈突然离开，又怎能不使她留恋呢。然而为了病弱的祖父和弟弟，妈妈的确不能久留，她只有随着妈妈去了。可是为了年关在迩，竟没取得公婆的同意，妈妈含着惜别的泪终于独自登车了！

　　妈妈归去仅只六日，祖父病故的电报拍来了。这噩耗给予黛珈比孩子的死大十倍的悲哀与打击。她是去了，和祖父见了最后的一面。然而那是含笑逝去的祖父，又哪里会知道他天天想见而终未一见的孙女哭倒在他尸身之侧呢？

　　两月的短促时光，经过了两次骨肉的死亡，黛珈脆弱的心灵，满负创痕了！她冥想着："祖父是负有重大责任的人，寡母幼弟、懦弱的祖母全赖他支撑门户，他怎能死呢？如今他是永远地脱离了凡尘，把繁重的担子完全推到妈妈的肩上。我自己已有了家，不能分担妈妈的些微辛劳，死之神为什么毫无情面地夺去了我那慈祥的祖父而至影响了全家！祖父的死，是多么值得惋惜呀！而孩子呢？她是处处需要人的呀，她的死太轻于鸿毛了。"

　　这样想着，祖父的音容，祖父的慈爱，时刻回旋在她的心中，而孩子的影子不再出现在她的脑际了。

春风驱走严冬，烈日又烤散了春风，残秋过去又到了初冬，一年又回复了。黛珈依然因在家中，她所希望的，读书、服务都成泡影，而她不希望的孩子却又降生了。

这是她第二个女儿，多病的黛珈偏又多产，多病的妈妈怎能生出强壮的孩子呢？

孩子的长相和第一个没有些许差别，正如孪生一样，只是体温却比前一个高了。当孩子出生的时候，婆婆失望而又愤激地说："那个小冤家又回来了！又是个讨债鬼！"

因此婆婆不太疼爱这孩子，而黛珈依然是热烈爱着。可是孩子第六天便病了，和第一个孩子患着同样的病！她明知那是不治之症，所以她很希望孩子早些离开人世，免得多受痛苦，多吃那些不能治病的苦药。

矢野看着孩子快不中用了，他用一个消息，制止黛珈的悲哀："珈！宝宝不好你别伤心，咱们是不需要孩子的，孩子会妨害我们光明的前途！她要真的死去，你便可以走到社会上去了，你不是愿意当孩子王吗？现在有个很好的机会，老彭的太太不久要临产，她已决定辞去×校的教职，那么你可以去代替她了。"

"真的吗？可是我们没有人力呢！"

"谁还哄你，我已托人说妥了，只要你愿意，满了月，就可以去，在那里你可以得到更多的安慰，可以转变你的生活。"

"那么，快叫她死吧！带孩子的生活真腻死人！"

她欣喜得几乎发狂了，她这时唯有希望孩子速死而完成她第二步希望，这并非她太残忍，也并非不爱她的孩子，实在是她爱希望更甚于爱孩子！

果然，那识时务的孩子，在第七天的黄昏，像第一个孩子一样尖叫起来了。黛珈听到孩子和死神挣扎的声音，一点也不感动，一点也不难过，她对孩子真的陌生起来，孩子的尖叫使她烦躁："妈妈！她怎还不断气？踢她一脚叫她快死吧，我不耐烦听她的怪声！"

"什么话！为什么叫她快死？万一活过来，不是捡条命吗？"

"不，不，我怕她活过来，您不知道我已经找到事了哟！"

婆婆刚要说话，孩子已经断气。她顾不得其他，急忙跑到院心去喊老纪，这时已是十点多钟，外面开始落起银白色的东西，冬天的风飕飕地刮着，似乎在哀悼这新生的夭折！

黛珈的孩子又将被老纪送走了，但她这次却是异样地欢跃，什么悲凄的话语，也不会使她的心痛了。当爱说话的老纪走进来看见孩子的尸身的时候，他禁不住嘴，又说出了下面的话："唔？怎么又死啦？为什么这样可爱的孩子偏偏不活！多么痛人，孩子的妈妈该怎样难过呢！生下来几天就喂了大狗。吃这孩子的狗也够有口福了，我真不忍心叫她去饱狗的肚子，太太，还是埋起来吧！"

"不能，不能！你不懂得有说道呢！"

婆婆听了老纪的一套话，眼睛有些湿润，她不愿他再说下去，催他快些去扔。本来一年之中死掉了两个小孙女，老太太的心又怎能不难过呢？

然而黛珈却泰然处之，嘴角露着微笑。老纪的话在她听来，感到厌烦，如果老纪不识进退地再往下说，真要受到她的斥责呢！

孩子死去三天，黛珈也和家人辩驳三天了。她决定立刻到×校去度她朝夕憧憬着、思念着的清高教学生涯，她忘却了产后的未复原的身体，忘却了一切病痛，也忘却了严冷的天。可是久经世故的公婆，爱她的矢野，群力阻拦着她："你此刻怎能去呢？生产刚刚十天，而且你还在吃着药，天气又这般冷，现在就出去教书于你太不利了，要当心你的身子呀！满了月马上就叫你去，眼下无论如何也不能放你去的……"

这些关心的话，好像耳边风马上就消失了，她看公婆和矢野，不是她的亲人而是仇敌了，他们的话都是一些不中听没有韵节讨厌的音乐，反抗性强烈的她，已经坚定了的意志，谁也没有力量打消。

178

她终于胜利了，在一个阴冷的清早，她被一辆人力车拖到了×校，这学校对她并不陌生，因为那里有她旧日的同学孙远女士。

她一迈进教员室，心中便起了很大疑团：那屋里出入的人们，全是她卑视的粉脸红唇、鬈发弯眉、高跟皮鞋、漂亮服装的摩登女郎，要不是孙远迎她进去，她几乎要疑心她误入了胭脂堆里呢！看了这情形，不由得想起自身穿的青呢大氅、毛布旗袍、平底皮鞋，不曾敷粉的黄脸和没抹口红的枯唇，光而直的发。这样老太婆的打扮掺杂在她们中间，未免自惭形秽了！

活泼的孙远依然是那样的活泼，依然朴素的服装，所幸还没有被她们同化。她把黛珈迎进来，便被谁唤走了，抛下黛珈立在那里，虽然是满室活人，然而没有谁让她坐，因此她还在很客气地立着。她们的眼光，完全集中在黛珈的身上，眼光中央杂着藐视的成分。黛珈有些局促，她很生气，便迅速地坐了下去。

一位女子摆动着花旦似的腰肢走过来，那是一张满着大天的黑脸，香粉几乎填满了麻坑，一张红色的大嘴露出两行黄金色的牙。她一走过来，一股腻人的香气便闯入黛珈的鼻管，看了看那张麻脸，嗅了嗅那股香气，甚至要呕出心来。黛珈十二分讨厌她，然而麻脸女士却不害羞地走到黛珈的面前，用斜眼瞧着黛珈黄瘦而稚嫩的面庞，像问案的法官似的粗声说道："你哪个学校毕业？做过事吗？"

黛珈听了这毫不客气的问话和藐视的态度，觉得受到了莫大的耻辱，她不能按捺住气愤，便也不客气地冷笑了一下，她的头没有动，眼光射到地上，像对自己说："什么学校也没毕业，不过念几天书罢了！并且也没做什么事，就连做事的朋友也不曾有过。我完全是个初经世故的小孩子哟！真不敢和女士对比！"

这分明是气恼的口吻。麻脸女士似乎发现了奇迹，不等听完便掉头走了，她好像是个浑蛋，没有发觉黛珈在生气。她走到隔室去，立刻一阵更使黛珈气愤的话语便钻进她的耳朵。

"啧！啧！她不但没做过事，而且还没毕过业，看来什么也不懂，还来教书呢，真不自量！"

声音虽很细微，然而黛珈却很清楚地听得，随后便是极嘈杂的话音和讪笑，好像一群麻雀在争食，她不再听了。

她想立刻离开这里，但一想到那天真无邪的小孩子，又感到还可能有给予她安慰的事。

铃声响了，一群摩登教员都去上课，孙远从外面跑来告诉黛珈："校长一会儿就来，你需见过校长，然后再去上课。"

散午学了校长才来，校长的装束更时髦、更华丽，鼻上架着凸面的眼镜，她的一举一动，确像一个军阀的姨太太。她来时，教员们正在狂纵地谈着、笑着、噪着、闹着，但是校长的高跟鞋一踏进教员室的门，室内马上默然了，教员们一个个都肃然站起，校长长校长短地慰问，紧接着便是一阵忙乱。校长的狐皮大氅、水獭皮帽子很快被挂在衣架上。她的屁股刚落到床上，麻脸女士便急忙跑过去脱掉了校长的尊鞋，小心翼翼地放在椅子上。随后另一个女士便装来了一袋旱烟，恭恭敬敬地送到校长唇边，烟杆伸出二尺多长。黛珈心里恨骂着："这群不知耻的家伙！真是狗！难道把灵魂也拍卖了吗?"

校长并没有看黛珈一眼——许是没看见——只顾和围立在周身的差弁般的教员们谈着家常，黛珈一直候到上课的铃响，孙远才把她介绍给校长。黛珈向她鞠了一躬，她没还礼，连头都没动，黛珈觉到这样一个架子十足的贱女人，真不配受她一躬，她后悔适才的躬不该鞠得那样深，而且根本就无须和她讲什么礼节。

校长朱唇微启了。她的问话比麻脸女士更详细，甚至问到了黛珈的家庭情形，黛珈有些不耐烦，不过校长的声音倒很柔和，她就不好意思像对麻脸女士那般强硬了，她郑重地回答着一切问话。

"初中还没有卒业，也没做过事，一切还望校长指示。"

校长最后说："我们校里的教员是不能旷课的，因为每人教一个班次，谁也不能分身给谁代课的。"

黛珈明白了，校长的话是有深意的，她是看出黛珈身体的孱弱，不能耐劳，怕她累病了请假。是的，黛珈的一双暗淡的眼睛，贫血的脸和唇，不是充分告示人们她的软弱了吗？黛珈知道下面还有没好说出的话："就是病了也得支持着上课，你合计着，如果能不请一天假，便在这里，否则，就请回去!"

"没有特殊的原因，我是不请假的。"

"那好吧！明天到十五级代课吧！试试看。"

经过孙远的解释，她才知道十五级不是老彭太太的遗缺，而是校长侄女静淑的那班。据说她是和校长怄气走了，让黛珈去代理，说不定将来她会回来的，那时，黛珈当然要被淘汰了!

这天黛珈失望地装了一肚子说不出的闷气回了家，到家并没流露出不高兴的态度来。

第二天她到学校授课了，那些天真的孩子们见了她都很快乐，但他们是把快乐隐藏在心里了，因为校长正在旁边监视着。

学生都是些聪明的孩子，然而她们对于算术一科，却是异常笨拙，譬如24她们竟常常写成204，加法往往弄成减法。这不能怪学生笨，实在是教授的疏忽和不周详，教员是不能辞其咎的。

黛珈很热心努力校正，十几天的工夫，竟获得很大成绩。然而黛珈却再不能支持了，胸腔剧痛，两腿臃肿，头昏昏然，面色更憔悴了。她虽已来校十天，但一般同寅们和她还是那样陌生，下了课，她一迈进教员室，真如走进坟墓一样。孙远在屋还好，然而孙远是好动的又兼体育教员，她永远是忙着，下了课便领着学生做种种游戏，因此黛珈很少有和她谈话的机会，这样，她更感到无趣了，一般天真的儿童们，也不会安慰她苦闷的心。

午间校长说："静淑真是个小孩子，尽耍脾气，昨天来信又愿意回来了!"

"那么，校长就叫她回来吧！我们还怪想她呢!"

善于献媚的教员们同声怂恿着。校长因为黛珈在旁，没出声，但是她已默许了。

学校是她自家的，这点小事，还用征求别人的同意吗？虽然静淑仅是高小卒业，然而她总比没有门径、不会溜须的黛珈占势力呀！校长说的话不过给黛珈听听罢了。

散学的时候，黛珈例外地没有走，她把孙远约到学校的操场上。孙远问她："很累吧！这几天你太辛苦了，一个虚弱的人！"

"是的，我真有些不能干下去了！"

"怎的，不感兴趣吗？"

"我是病了，需要休养，同时这学校也的确使我不感兴趣，只有苦恼，那样官僚式的校长，那样蝴蝶般的同事，我真不愿插足她们的群中……你不觉得厌倦吗？"

"怎么不厌倦，初来时真是一天也不愿干，然而为了一家的生活，不得不忍耐呀！真的我一见了她们，立刻会生出离开这里的念头，可是现在被一群儿童恋住了！"

"看来这真不是个学校，我真没想到学校里会有这种现象。"

"是呀！别的学校还好，这学校的校长真不配办教育，只可做个姨太太，做男人玩物的材料，不过她的门子硬，谁能奈何她，三节还得给她送礼、纳贡，溜她的大须，不然饭碗就保不住。"

"什么，送礼？"

"可不是！哪个不送礼，哪个就有停职的危险，可是我却不那样做，我们卖劳力不能卖人格，有一次她要裁我，学生们群起挽留，把她卷了，她对我也无可奈何！"

"啊！神圣教育呀，如此而已！"

黛珈长叹了一声，别了孙远，第二天校长接到了一封正中下怀的信：

校长先生：

　　珈体质素弱，不耐烦劳，而学浅才疏，对于教育事业，犹称门外汉，为儿童前途计，愿辞去教职，静养残躯，深修学业，一俟病体复原，学有成就，再出而致力教育。至珈所遗缺，请本先生及诸同寅之意，仍委令侄女接充，是所切盼。

黛珈　×月×日

黛珈彻底地失望了，第一步希望已经破灭得再没有回转的余地，而第二步希望又使她如此灰心，更有什么出路？她没有哗啦啦的毕业证书，没有有势力的亲友，没有溜须拍马的逢迎技术，无疑地是要被社会淘汰的呀！何况她又没有超人的才能呢！

如今，忧烦与绝望在紧紧地围袭着她，她永远忧郁着、忧郁着，矢野的体贴与安慰是不中用了。有时她想："除了自杀而外，再没有更好的方法可以解除这一切悒闷了。"但她终是还有眷恋哪！她眷恋着矢野，眷恋着妈妈，更眷恋着一部分人类。

"我不能这样懦弱地活下去，我有我的责任，对人类，我有必须应尽的责任！……"她也有时这样自慰着。

因为心情不愉快，本来已经忘掉了的两个孩子的影儿，当午夜醒来，也会不期望地映现在她的脑际。

五、多产的妈妈

这年的雨水和黛珈结婚时的秋雨一般多，人们无法制止它，终于江水冲开了江堤，漫延到陆地，全市顿时成了泽国。这水灾带来了绝大的恐慌和无数的死亡。黛珈家也被江水吞没了，就在这时，黛珈的怀中又有了小宝宝。

在第二个女儿死去以后，她曾吃了很多苦药。然而她的病已经有了三年的历史，三年的树可以扎下很深的根，三年的病，同样也种下很深的根了！只治皮毛的药绝不会治好有着深根的病痛的，况且她又没继续着调治。起先公婆为了要使她生一个强壮的小孩，也曾很在意

183

地为她请名医，为她花费很多的钱买药，可是日子久了，便都疏忽下去，病不在自己身上，谁又会体验出病的滋味呢？

因此黛珈的病仍未痊愈，而她怀中的胎儿，依旧免不掉受到病菌的传染。

一九三三年三月中旬，黛珈又生产了。在黛珈怀孕的九个月中，公婆天天在期待着，期待着她给生产肥壮的大孙子！她们是害怕再生那病弱的女孩了。

但是，恰恰违反了他们的愿望，黛珈却又生了个病弱的女孩。

这孩子的命运，尤其不幸，像早已注定了似的，她出生在黎明之前三点半钟，附近没有接生的大夫，在着急的当儿，便把同院的不曾生育过的朱老婆请了过来，胡乱办完了一切接生手续，因此孩子生下来便病了，要不是矢野急忙买药给孩子吃下，恐怕立刻就断了气呢！

七天之内，孩子病过两次，幸喜全好了，然而第八天脚和腿肚又肿了，一家人复又陷入被恐怖包围的情绪中。这女孩的来，虽然没给矢野的父母很大的喜悦，可是他们也并不厌恶，仍然愿意她健康地活着。他们怀着有胜于无的念头来安慰自己。婆婆看着孩子病了，便果断地说："这个孩子长得更可爱，身体一点也不凉了，要是找个名医来治，她是不会死的，这回我认着多花钱给她治病，也不能眼看她病死，像第二个孩子那样。"

说着，便跑去请来一位有名的小儿科女大夫。这大夫可真神气呀！来去要坐汽车，否则不出诊。为了治好孩子的病，素日节俭的老太太，竟也大方起来，为她的孙女，每天要花掉三元车费。

十天的光阴，匆匆过去了，孩子的嫩肉上挨了三次残酷的针刺，据大夫说那是清血剂，打上可以消肿，但是并没有那样神效，孩子的病没有好，大夫却骗去了许多来之不易的金钱。

孩子的病一减轻，年轻的妈妈又如生第一个女儿时一样地盘算起将来宝宝的教养了。

她很有把握地深信死神绝不会那样残暴，再夺去她第三个宝宝，她整天睁着眼做着美梦，不嫌烦琐地幻想着，就连将来送她女儿入什么学校都在她脑中预计好了。

接着便想到宝宝的衣服，四季的样式、料子，有时竟牺牲了睡眠为女儿设想着将来的一切。

但那短命的孩子，白白费掉了妈妈许多心血，她竟毫无留恋地死去了，死在万物复苏的春风里。

死小孩在黛珈已经是司空见惯了，当然是极平凡的事件，可是年轻的妈妈的心哟，却受了相当大的刺激！做过三次妈妈的黛珈，已深深地体会到伟大母性之爱了！

黛珈毕竟是一个刚毅的女性，虽然当孩子临别的刹那，她忍不住要哭、要伤心，可是过后要没人引起她的悲哀时，她便泰然若无其事了。

多感的叶女士——她的好友——听说小孩又死掉，她十分哀悼地说："真真太可惜，那么三个好孩子，怎么一个也不活？不疼死人吗？老天爷确是个残酷的家伙！"

她说到这，眼里已经湿润了，她好像比当事者的黛珈更好激动。而黛珈却没有流泪，她把要流出的泪吞到肚里去。沉默了一会儿叶女士又继续说："珈！三个总共活了两个月，还不如像我似的根本就没有好过，白白地受了许多罪，把身子都弄得虚弱了，想起来，我真替你伤心。"

她忽然觉得这话会使黛珈已经平复的伤痕发痛，于是又转了话头解劝道："你还是要好好保养身体，治治病，不要难过，小孩子既然没有命，早早死了倒好，要是会玩会哄人时候死，更叫人心痛呢……"

她还要说下去，一抬头看见黛珈在用手帕擦泪，她才赶快收了话。

本来黛珈已经不再想起死去的孩子了，而叶女士的最后几句安慰的话却使她落了泪，不知什么缘故，什么言语也不能引出她的泪水，而偏怕善意的安慰。

　　现在她想起这三幕小小的悲剧，如烟般的缥缈，当时的情景，再不会映现在她健忘的脑里了。

　　然而，四年的韶光，如此虚度过去，是不能不使她追悼的。

一九三四年六月